远方红色的小火车

LE PETIT TRAIN ROUGE DES CIMES

晓亚·杜博礼 著

目录

contents

我们都活在情景里（代序）

第一辑 执念你的信

莲花缸 · 03
流浪的土狗 · 43
夏天的那场电影 · 55
圣女果 · 63

第二辑 守望你的爱

蜂蝶恋 · 71
榔榔锤大舅 · 93
老公的烦恼 · 113
远方红色的小火车 · 119

第三辑 保守你的心

透过柳枝看月亮 · 133
阿兰买驴 · 153
阿兰的故事 · 159
午夜烟花 · 171
春宵一夜冰凌花 · 175
情人节的礼物 · 179
一种情怀的绽放 · 183

我们都活在情景里（代序）

写作大概可以分为三大类：文学创作，学术文章，叙事（旅游、新闻等）。好的学术文章往往在小众中流传，潜移默化地影响着这个时代，例如哲学、心理学、宗教、经济、政治等。而文学创作却是大众的，尤其是小说。许多人或许从未读过哲学书籍，却知道《红楼梦》《三国演义》《飘》里的许多情节，并爱上小说中主人公待人处事的方式或生活的态度。许多人可能从未读过佛经，却会受到小说人物在故事中践行佛法的行为的影响。

许多人以为人的思想是由语言文字构成的，以为如果要影响人的思想就要透过语言文字，要讲理论、说道理。1981年斯佩里博士 (Roger Wolcott Sperry) 发现人的大脑是左右脑分工的。语言文字只是大脑左脑一部分的功能，占据大脑另外一半以上功能的右脑是以画面、声音、味道（嗅觉与味觉）和身体的感觉来应对外在世界。我们的大脑从小就开始从自我和他人的经历中汲取经验。这些经验成为我们核心的信念和价值观，同时它们是由感受画面、声音和情绪的神经网络组合而成的。

为什么一本学术巨著比不上一本情景描述生动的故事或小说更深入民间？为什么一场严谨的讲道比不上一套连续剧吸引人？这是值得我们深思的。有效果比讲道理更重要。时代的进步并非由严谨地遵守道理而来，而是由灵活寻求更有效果的方法而来。当我们关注效果，同时以效果为导向，我们就会与时俱进地创出许多适合时代、更容易带来效果的方法。

莫言先生说他只是一个讲故事的人，却成为第一位中国籍诺贝尔文学奖得主，这是值得中国写作人深思的。这个时代需要的不是孤芳自赏的"奇文"，而是深入民间的创作，是可以在人们大脑中产生"故事情景"的文字。

如果一部文学作品充满了写作技巧，却没有为作者内心所感动的情景，是不会感动读者的。从晓亚的书中，我很高兴看见故事中的画面，听见故事中对白启发的思想，同时感受到故事所带来的浓浓情感。这是一本充满真诚情感的作品，也是尝试向你呈现内心思想的作品。一切都在故事的情景中……

戴志强（中国NLP研究会会长） 写于广州

2015年6月1日

CHAPTER ONE

第一辑
执念你的信

莲花缸

一

在僧人把天竺莲子放进水中之前,它只是将军府中一只平凡的青石水缸。缸体笃实敦厚,上刻莲花并蒂,人称莲花缸。

将军府数代相传,满门忠良。将军一生戎马,携长子四处征战;夫人吃斋念佛,上香祈福。府上赈济灾民,礼遇僧侣,远近闻名。

一日,一位云游僧人夜宿后,巧遇将军院中舞剑,但见七星龙泉盘旋飞舞,隐含杀气。将军舞毕,亲领僧人至缸前舀水净面。僧人于缸前端视良久,念一句佛号,于袖中取出天竺莲子一枚,轻放水中。

青玉色的莲子莹润饱满,隐现七彩光芒,入水即没,无影无踪;缸中之水却立时清灵剔透。

僧人双手合十:"善哉,善哉!"语毕即逝,不见踪影。

自此,纵大旱数月,纵阴雨连天,缸中水无半分增减,只一味地清澈见底,任朝云暮雨、斗转星移……

后来,将军府横生变故,便有了缸内乾坤、妖魔相恋、人鬼情变、道人作法、僧侣拾孤。一只青石水缸,因了种种机缘,成为诸多生命修行的道场,无论是人世、魔道、妖界、鬼域,亦或是道之天地、佛之世界,最终,那依旧只是一只平凡的水缸,一只莲花缸。

■ 二

将军府世代为国效力,功勋卓著。至将军一辈,君主不明,国运转衰,边关告急。

将军生有二子。长子威武俊朗,骁勇善战;幼子文弱清秀,喜读圣贤。

后将军战死沙场,朝野震惊。当朝太师以国力不敌为由力主和谈。将军长子一腔热血,立下军令状,请缨出战。

出征前,一身戎装的少将军在厅堂之上拜别母亲:"孩儿此去,抱必死之心以赴国难。然敌众我寡,胜算无多,恐无生还之日。国运如此,只为尊严一战,竭尽人力而已。孩儿不孝,就此拜别母亲,唯望母亲大人多多保重。"

老夫人闻得此言,早已珠泪纵横,扶起跪拜于地的少将军,心痛道:"孩儿你自幼随父出征,吃尽百般苦头,为娘我虽时时牵挂于怀,却终不能尽慈母之心。今日一别,虽为天下苍生,可敬可叹,但为娘我又如何舍得我儿入那虎狼之口?也罢,你此去边关,为娘的便在家中为你敬香祈福,静待我儿凯旋班师之日。"

慈母的宽慰之语让少将军不觉心酸，半晌无语，只默默地握住了母亲冰冷的手，似要捂暖。良久，嘱咐母亲道："弟幼，且性温和，不可勉其习武。或为我氏传承香火。"

话音刚落，一旁的幼弟再也忍不住了，一头扑进兄长怀里，双目含泪却不敢一放悲声，只两手围住了兄长的腰身，死死箍着不肯松开。

少将军蹲下身来，轻抚幼弟肩头，怜声道："你心中不舍，为兄如何不知，又如何能舍？你我兄弟虽不常相伴，却最是情深。今日为兄为国尽忠，难全孝道，亦不能再伴吾弟身边，心甚痛矣，便将娘亲并这满府之人尽都托付给吾弟了。"

兄长的目光深沉热切，既痛且怜，似有千钧之重。幼弟看得心碎，不忍兄长一力承担重负，遂长身而起，郑重点头，久忍之泪默然而下。

出征之日，百姓夹道相送。猩红的战旗下，少将军一身银盔银甲，神情悲壮，虎目生威。便有一众青年子弟热血沸腾，争相跟随。

边关一役，惨烈异常。少将军率众拼死沙场，终究难挽颓势。

激战过后，暂归宁静。偶有战马的悲嘶穿空而来，引得伤者一片呻吟。马革裹尸，征人无归。

夜幕深且蓝，缀满星光，一如华灿的天鹅绒被轻覆少将军的身上。或许这将是他眼目中最后一个夜空，从此华锦掩体，长眠大地。

满身皆伤的少将军感到自己的血快要流尽了。他仰望苍穹，青春的面庞比月光还要白，眸子比星星还要亮，干裂的唇边渐露一丝微笑。他已看到，在那辽阔的夜空深处，他的先人、他的父亲正在等他回家。

血洒沙场原本就是他的命运、他的归宿、他的荣耀、他的本分。只可惜，他再不能尽武臣之心捍卫家国了。不觉中，出征时百姓的热盼、母亲的悲怆尽现眼前，视死如归的心竟隐然不安起来。

自立军令状，少将军早置生死于度外。战死沙场，留一世英名；战败而归，军法处置。以他宁为断头将军,绝不苟活一日之性情,选择后者确比死更难。但如今既已不能御敌于国门之外,身为一军之主,就该当先保将士们周全,徐图后计。

战场上刹那的转念,命运的轨迹便迥然而异。暂却死志的少将军振奋起全副精神,趁着夜色,奇迹般地带领将士们全身而退。

马踏霜重,归途漫漫,从死到生,从生到死,死生契阔。

带着疲惫的将士,拖着受伤的身躯,连夜奔波赶路的少将军终于昏倒在天寒地冻的江水边。

也不知过了多久,黑暗中沉睡的少将军缓缓睁开了双眼,正对上一双澈如清泉的眼眸,温柔娇羞地注视着他。一轻袭少女罗衫滴翠,发香袭人,正拥他入怀,捂着他了无生气的男儿之躯。

一时间,从来只因拼杀而沸腾的一腔热血竟在少女心怀的静寂中如春潮般涌动,汹涌澎湃;懵懂初开的少年情怀如青涩的枝桠吐蕾,不待阳光雨露的细细滋养,便兀自盛开,灿若夏花。

少将军终于明白,他不顾一切地从远方而来,原是为了在生命的尽头赶赴今生这一面之约。

当生命的暗流挟裹着青春的悸动在少将军的体内翻滚,一颗澄明的少女心也被悄然袭来的波澜所扰,泛起一层柔似一层的涟漪。

醒转来的少将军满脸憔悴,一双眼眸从暗淡无光到渐露神采,从茫然无措渐至深情凝视,只看得少女怦然心跳,没了主张。双目交视之下,少女羞红了脸,赶忙扶起伤者,整理衣衫,却听得少将军忍不住发出一声痛苦的呻吟。

少女略一迟疑,轻声道:"不知郎君如何断了手臂,想是疼痛难忍,须得固定包扎才好。"遂去岸边寻来两根短木,又背转身来,解下随身所佩红如江花的丝绦,为少将军缚起那未及包扎的断臂。

少女的纤纤细指柔若无骨,似风抚青柳,雨润桃花,软软地着在少将军的伤处。少将军的身子不时一阵轻颤,却并无半分吃痛。少女又转去江边捧来清洌的江水,为少将军悉心洗去风尘。

脉脉无语间,清清朗朗的儿郎迷醉了,看皓腕如雪,纤指如葱;袅袅婷婷的少女微笑了,看英雄年少,柔情似水。

相视,相拥,刹那即永恒。

当绚烂的生命将如天边的刹那火焰疾灭不能再回,长风烈马、豪情纵天的少将军恋上了这注定不能停留太久的烟雨红尘。日暮霞飞,二人携手漫步江边,走得累了,便相拥着坐看夕阳一寸寸落入江心,满目的绚丽归于幽暗,薄暮的微暖换做清寒。

少女乃琴女,三尺素琴常伴身畔。虽与少将军相交时短,却早已情根深种,满腹心事无可言说,便借交错的三音纾解情怀。"弦凝指咽声停处,别有深情一万重"。少将军月下肃立,只凝眸痴望着少女的容颜。

终于,少女落泪,垂目低声道:"可否不走?可否不死?纵或一死,可否相伴君旁?"

语声轻柔却如重锤落身,只令得少将军浑身一颤。情关不待,生死难却。这一刻,他方始明了生有多美、死有多难、生别离有多痛。他沉默良久,艰难道:"我一生戎马,不曾解得情字。此番蒙救又蒙错爱,心下已是偷生贪恋。但纵有千般不舍,不愿苟活,唯有辜负姑娘心意了。此生已矣,愿定来世之约,世世为你守候江边,绝不相负。"

少女的泪如断线的珠玉,叮叮咚咚敲打着少将军凌乱不堪的心,痛得他难以自持。少女抬起头来,温婉地看着眼前的少将军,柔声道:"我都懂,我等你。"少将军缓缓地点头,把少女轻轻地揽入怀中,越搂越紧,千行热泪决堤而出。

破晓离别,寒意难陈。江雾茫茫,荻花竞折。轻裘少女整衣而坐,神情凝重,未待少将军开言,兀自抚琴一曲。虽是瑶琴,却犹如筝音,疾风骤雨中将军剑指长

空,几番鏖战,凯旋归营……琴声戛然而止。

鏖战却未完胜,班师而非凯旋,行将赴死的少将军竟仰天长笑,声震江野。无惧生死,无愧天地,又得知己若此,人生无憾!

船开了,少女玉立船头,一双眼眸痴望着岸边仗剑相送的少将军,神情凄婉而坚定。少女唇边的微笑如江花般绚烂,那是天若不尽人意、我愿死生相随的约定。

少女顺水而下,少将军逆流而上。按剑挥别,相见无期。浓浓的江雾打湿了年轻的面颊,少将军知道自己没有哭,他在对着命运微笑。

诀别了此生唯一的爱恋,少将军用生命去践行他的诺言。

临刑前夜,一心求死的少将军突生恐惧,若无来生,若终不能再相遇,相约来世的人儿又将如何?阴暗的牢狱里,孤独的少将军挣裂断臂处的伤口,看那两节帮他断骨重生的短木染成红色的十字,又裹紧火红的丝绦想牵绊住下世的姻缘。他心底只盼那痛楚来得更猛烈些,好让游荡的魂魄记得此生的约定,记得来世的归路。

行刑日,送别的人很多。晴朗朗的天没来由地飘雪,起了江边才有的雾。少将军在枯黄的草场上看到了少女轻裘下翠罗衫的绿,接着是那片片江花火红火红地绽开。少将军微笑了……

英灵既逝，昏聩的君王竟听信谗言，以将军府破坏和谈、误国殃民为由痛下杀手，一纸密令，斩杀了将军府上下数十口。

杀戮之夜，惨绝人寰。呼号、哀哭、厉骂、诅咒之声不绝于耳，又有热血飞溅，尽入莲花缸中。凡此冤屈怨怒，纠结郁积，历久不散。执念不破，便在缸中渐成魔形。

安然于命、心有所恋的少将军早已转世，在每一条江边苦苦寻觅前缘未了的恋人。而魔幻化了他的模样，栖身莲花缸，在千年寂寞中参悟修行。

■ 三

那个月圆之夜，妖驭风而行，俯视四野，瞥见白衣胜雪的魔。她知道，那是她的劫。

妖也有前世。千年前，妖是三尺素琴，在主人的纤纤玉指下三叠阳关唱彻古今离别恨，三弄梅花诉尽平生云水心。

主人爱琴，雅有远韵。"琴为之乐，可以观风教，可以摄心魄，可以辨喜怒，可以悦情思，可以静神虑，可以壮胆勇，可以绝尘俗，可以格鬼神。"琴儿通灵，在主人切

切的抚弄下体味人世间的百般情怀。

一人一琴,情牵魂绕,琴韵袅袅,春闺寂寂。无数的时光便在人琴相伴中淡然逝去。

终一日,在那寒烟轻笼的江边,当出外寻访名师的主人邂逅英雄末路的少将军,只双目交视的一瞬,一怀情愫的种子便在那万物肃杀的冰天雪地里姹紫嫣红地开出了春光无限。

悠悠江水,皎皎明月,主人泪眼含笑,不惜十指弦,为君千万弹!柔情缱绻一往而深,壮怀激烈死生相随。

自与将军别过,主人终日无语,唯与琴儿相伴。然琴音凄迷,若子规啼血,苦唤不归。

一晚,主人又著相思曲,千回百转,肠弦俱断。主人黯然神伤,喃喃道:"只怕是少将军就此去了……"言罢,涕泪交流。

月落雪无痕,风起泪沾襟。主人伫立江边,拥琴入怀。良久,方将琴置于一方青石之上,抚弦轻道:"琴儿,你是世间难觅的灵物,你我一世相伴,情意甚笃。今弃你而去,只为追随将军英魂,心中实万分不舍。愿你再遇知音,怜惜于你,得一番好造化。"

那一刻,琴儿若有半点法力,定是随了主人而去,纵沉江万年,无怨无悔,不离不弃。奈何天意若此,不得稍违,唯凄凄然独泣江边。

后来,便有了琴儿成妖的机缘。

一僧人拾琴于江边,带回山寺,善加照顾。自此后,晨钟暮鼓,澄潭月轮,古刹塔影,佛堂青莲,见澈性灵。

千年清修,琴儿终修得人形,便是主人的模样。千年来,既已成妖的琴儿对主人的离去始终无法释怀,对主人的思念始终未曾改变。

妖若想得道,需先修人形,再历情劫。情劫不历,不知情为何物,纵修炼千年终落妖道。若过得情关,方可为人,精进修行,便可成仙。又有情关难过者,便于一个情字上输了千年的修为,落得个魂飞魄散的凄惨收场。

琴儿不想成仙,只愿为人,去寻旧主,一生一世守在她的身边。于是,琴儿拜别古寺,去寻找妖的情缘,历经妖的情劫。

悠悠荡荡,寻寻觅觅了许久之后,就到了那个命定的月圆之夜。

夜光如水,月穿白莲,风吟天籁。妖畅游云天,长袖轻舞,衣袂翩跹。俯瞰下界,先只见一片惨淡愁云轻锁;细察之,见一偌大水缸独立大地,缸中水灵光闪闪,一身白衣的魔端坐水面,闭目清修,静若处子,美若天神。只这俊朗的面庞、威武的英气,便叫妖怦然心动。那竟是千年前少将军的模样。

如叶落归根,妖竟身不由己地飘向大地。

身形未稳,妖便听得一声轻喝:"来者何人,扰我清修!"

好一份霸气,好一个清朗难忘的声音,却没了当年的那份柔情。妖怔怔地看着魔,前尘往事纷沓而至,一时心绪烦乱,不知如何作答。

只片刻,魔兀自恼怒起来,皎如朗月的面庞上隐现一层黑气。妖看得明白,却不想闪躲。

魔不曾稍动,却又是一声低喝:"速速离开,否则休怪我手下无情!"

妖依旧无言,呆立不动。

当凌厉的掌风隔空袭来,妖不曾有半分躲闪,只身形一颤,一个翻飞便又无声无息地归于大地。

醒来时,妖在魔的怀里。魔看着妖,很专注。

那是一双多么清澈的眼眸,却似一潭寒泉,幽深冰冷。

魔见妖醒转,盯紧妖的眼睛问:"为何不躲?"

看着魔,妖回想刚才那一刻,似乎没来由地就想死在魔的手下;又似乎想看到魔因失手伤了自己而痛悔。心思烦乱的妖不明白究竟发生了什么,只觉疲累不堪,索性闭上了眼。

魔只道是妖再次昏迷,一手将妖抱紧,一掌抵住妖的心口,把真气绵绵不绝地输入妖的体内。

被魔抱着好舒服。当纯和的真气游走于妖的全身经脉,如旧日里主人纤细柔滑的指尖轻轻拂过琴弦,妖忍不住发出一声轻叹。

魔也轻叹一声,幽幽地问:"为何不躲?"

妖深深地看着魔,反问道:"为何想我躲?我死在你手下,不正可增加魔功吗?为何反而耗了自己的功力来救一只不相干的妖?"

魔的身子一凛,拿开了运功之手,正色道:"成魔之日我曾发誓,行大道、成正果,绝不枉害性命以增功力。故而,我会赶走所有接近我的生灵。"

没有了魔输入的内力,妖忽感一阵空落,眼光从魔的脸上滑过,落向了渐深的夜色,喃喃道:"那你岂不寂寞?"

魔淡然道:"生而为魔,一心修炼,何来寂寞之说。"

言于此,魔放开了妖的身子。随又叮嘱道:"伤好后速速离开。"

妖不动,依旧看向那夜色,轻声说:"不要赶我走,我想留下。"

魔断然道:"不行!我虽发誓,但魔性一起便无法自控,恐会伤你,何况我已伤过你一次了。你是唯一因我而伤的生灵。"魔这样说时,妖把脸转向他,月华下,魔眼中那一闪即逝的柔光该是隐隐的悔意吧。

妖坐起了身子,端详着眼前那其实从未忘却的容颜,忍不住问道:"你真的不记得我的模样了吗?"

魔看着妖,一脸茫然,"素昧平生,我如何记得你?"

妖摇了摇头,觉得自己很傻。若是真的少将军,无论转世多少回,无论成妖成魔,都一定不会忘记琴儿主人的模样。

魔见妖不再出声,便默默抱起她,身形只一晃,进入一片竹林。

玉枝映月吟,疏影随风舞。轻盈起落的魔的身影在月下愈发显得修长而飘逸。魔拣了林子里一处看来颇具灵性的山石落了脚。

原来,山石不远处竟有一木屋,看似粗陋,但也自成意趣,当不是村野农夫之所建,只是久无人居,落满尘埃。魔只轻挥衣袖,木屋便立时整洁如新。

魔抱着妖踏进小木屋,像一个平凡的男子抱着自己的女人回了家。

魔把妖轻柔地放于床上盖好,为她拉了拉被角。妖一脸倦色,无言地盯住了魔。魔轻叹一声,暗中施了一个沉睡的诀。妖用力抵挡睡意,生怕睁眼时再见不到魔的身影。可越来越沉重的眼睑却在似有似无的叹息中渐渐闭合。

魔走了。

半夜醒来,妖透过小窗凝视着月光下婆娑的竹影。每一阵风吟,妖都以为是魔的叹息声;每一点透过枝叶的星光,妖都以为是魔的眸子在闪亮。

第二日,魔复来疗伤。魔不再把妖的身子揽于怀中,妖只觉心下怅然,轻轻一叹。魔看了她一眼,只道:"再两日,当无大碍。"

第三日,魔又来了。临走时,看了看妖说:"明日疗完伤你就走吧,我不再来看你了。"

当晚,妖的伤势无可救药地恶化了。

一连数日,妖的伤总是治过就好些,到了第二日便又见恶化。魔一言不发,可冷冷的眼神里渐渐地显露出焦虑之色。

妖知道,魔开始为她担心了。

一日,为妖疗完伤后魔对她说:"真不知当初随意一掌竟伤你若此,让你受苦了。"妖看着魔的眼睛,里面竟有一种润润的东西。妖心口一热,想要说什么,却又忍住了。

那晚魔没走,留在了竹林小屋中。

自从魔日夜守候在妖的身边,妖的伤一日好似一日。 因为她不再有机会偷偷把自己弄伤了。

妖不想好起来。妖不想离开魔。可魔终究还是把妖的伤给医好了,终究还是要把妖从他的身边赶走。

分别那晚,月儿只柔柔地亮起了半边,一若娇羞的少女欲说还休。妖在魔的对面整衣而坐,凝眸而视。魔也怔怔地看着妖,默默无语。妖轻拔金钗,一任散落肩畔的万缕青丝随风而舞,又轻舒长袖,幻化出千年古琴伴月而鸣。相思绵绵无尽时,一曲一叹一断肠。

琴音已止息了多时,魔始终端坐不动,仿佛魂灵去了很远的地方。白色的衣襟在月下泛起淡淡的银光,沉思无语的魔天神一般静美。

妖终于还是开了口,声若耳语:"我走了,你会思念我吗?"

魔回过神来,柔和地看着妖,歉然道:"魔也,不知何为思念。"

于是,妖向魔讲起了千年前少将军与琴儿主人的故事。

魔听后呆坐无语。过了许久,魔问妖:"若是有一天我死了,你会为我流泪吗?"

魔的话语极轻,却如千年前那弦肠俱断时的一声绝响,击打得妖痛彻心扉。妖已痛了千年,怎可以再痛!她看着眼前的魔,失心一般嘶喊:"不,不可以,我不要为你流泪!我琴妖对天发誓,若我在魔前流一滴泪,就让我魂飞魄散!"

魔怔怔地看了妖片刻,仿佛被灼伤之人骤然恢复了知觉,眼中便分明有了一种痛苦,纯净的脸上现出了隐隐的黑色。

妖闭上了眼,随时准备再次被魔的掌力击中。

魔的衣袂摩挲之声传来,而妖却并未受伤。当她睁眼看时,一道白光闪过,魔已飞身而去。

从那以后,魔再没有来过。

妖也不曾走。她留在竹林中独自修行。依旧每晚听着魔的叹息声,看着魔的眸子闪闪发亮。

这样的日子不知过了多久,又到了一个月圆之夜。

妖正闭目修炼,心境澄明中一声叹息听得尤为真切。妖忙睁开眼,只见一道白色的身影已经飞远。

妖想,魔已经知道了何为思念。

后来的每一个月圆之夜,妖都会在竹林中静静地等待。

妖知道,思念中的魔还会再来。

■ 四

幽篁一夜雪,晓风骤起,散落一地玲珑碎玉。又是空待一夜的妖正自困乏,忽闻耳畔一阵箫声飘然而至,低回婉转中却有一股英气。

怦然心动的妖只道是日思夜想的魔终于还是来了,忙循声望去,那箫声竟戛然而止。屋外雪地上,一清瘦少年收起了紫竹洞箫,随手折下一段竹枝,用掌力削竹为剑,赞一句"依依似君子,无地不相宜",便在那淡月寒星之下仗剑起舞,意态潇洒,行气如虹,宛若空潭泻春,碧海生潮。那少年舞得兴起,竟一个飞身,卷起一袖的竹叶,又使出那摘叶飞花的功夫,片片竹叶自袖中飞出,直如天人散落的香花千瓣,漫天光影,却是力道十足,沾之即伤。隐身一旁的妖看得出神,竟没在意到数片竹叶已向她扑面而来。

危急中,一袭白衣于青玉枝头长身而起,轻袖携风如天外云随意舒卷,去留无意间,漫天的竹叶立时没了踪影。

原来,每一个月圆之夜,魔都在。

魔既现身,妖已知他是为己而来,欣喜之情难以自持。未及相认,只听得一声低喝:"为何伤人?"便见魔凌厉一掌猛然击向那少年。少年人吃得一惊,拔地而起,堪堪躲过那一掌,不及落地,忙叫道:"仁兄息怒,小弟一时兴起,无意伤人!"魔不知那少年人不曾看到隐身的妖,只道他巧言狡辩,怒气更胜,不再多言,纵身而上。

少年无奈,为求自保,勉力接招,虽陷劣势,却处变不惊。

一旁的妖虽不识得那少年剑客,但认定了魔是因他才甘愿现身,不忍他为魔所伤,忙开口求道:"住手吧,勿伤人性命!"魔听出了妖的口中那份关切之情,不知为何只觉心底一股恨意难平,非但不停手,反而一招狠似一招。只片刻,少年人便被那天风海雨一般的掌力压得喘不过气来,而魔那一身华彩自溢的白衣也渐失光泽,黑气隐现。

妖知道魔性已起,恐再难控制。她想起初见魔的当晚,清明如月的魔所说的朗朗誓言,那份感动仍长留心底。她要助魔清心定神,去烦止恶,勿做违誓之举。

当魔第一次听到那清凉的琴音时,他怔住了。参差单音相生相和,婉然成曲,尽收天籁之悠扬,亦如古刹闻禅之肃穆,一时只觉天地人交融一体,清净空灵,再无争斗之心。回望月下,一袭白衣的妖端坐抚琴,清姿素容,纤尘不染。妖隐约感到魔的注视,手不稍歇,只把一双美目看向魔,眼中似有万语千言。

魔抽身而去时,剑客只看到了一道白光转瞬即逝,再回看琴女,早已无踪。唯见风入疏竹,月影婆娑,心下怅惘,恍然若梦。

小木屋中点起了烛火,顿生暖意。少年人倚身窗前,回想着疑为天人的琴女,只觉似真似幻,悠然神往。夜色已深却了无睡意,只静立窗边,又幽幽地吹起箫来。

烛火旁,隐身的妖淡然凝视着蓝袍俊秀的侧影,只觉神骨俱清,自有一种离尘绝俗之韵。不知怎的,那身影慢慢地就白了起来,亮了起来,依稀魔的模样。

人妖一室,各有所思,不觉已是天光初亮。少年人吹灭了烛火,和衣躺下。忽有微风轻拂面,遂传来门廊上风铃的轻响,宛若婀娜女子轻移莲步时的环佩叮当,余音袅袅,不觉又是遐思无限。

自剑客栖身木屋,妖便移至山石旁。人明妖暗,比邻而居。原以为那少年人只是一时兴之所致,小住数日便会离开,却哪知,他竟晓窗诵经,月下吹箫,更兼习剑不辍,怡然自得。书读到绝佳处,自会手舞足蹈;剑舞到尽兴时,亦会仰天长啸。

林中自此便有了勃勃生气。

转眼又近月圆。妖在摇曳的竹影中卧听风吟。不知何时,木屋门吱呀而开,妖见那少年缓步而出,无箫无剑,只仰头向天,独立风中。天清云空,如水月华中的少年愈发显得俊秀刚毅,超尘出俗。

伫立良久,少年人默然转身。恍惚中,妖仿佛看到了月光下的魔正抱着自己踏入木屋。妖猛然想起,若那少年人并无去意,只怕是魔也再不会来,不禁失神。

次日清晨,少年人正埋首苦读,惊觉字迹全失,待揉眼再看时,又见书中一美人抱琴,嫣然巧笑。少年人只道是自己思念琴女的心思太过,至生幻象,慌忙起身,再不敢碰那书卷。又于清净处结跏趺坐,目似垂帘,凝心打坐。至夜,万籁无声,一灯莹然。不知怎的,木屋内灯烛之火忽翩然起舞,时明时灭,紫竹洞箫也兀自发声,忽强忽弱。如此一来,少年人反倒明白是有生灵捉弄于他,但想想那种种伎俩,却是顽皮恐吓多于害人之意,也不放在心上,遂去那屋外空地练剑。谁知剑势刚起,竹剑却径自脱手,飞至半空,待那少年人跃身而起,剑又飘忽落地,剑尖指地,自立不倒。少年人数次拾剑,触手即飞,心下就有些着恼,也不再动手,只是对着竹剑怒目而视。剑似有灵性,定住了不动。少年人握剑在手,便使起了一套凌厉的剑法,但冥冥中总有无形之手暗中夺剑。少年人心气不服,越舞越狂,似入魔境。

意乱之时,少年又听到了那肃穆空灵的《普庵咒》,心神一凛,便住了手,见那月下抚琴的正是自己念念不忘的琴女。他痴痴地说:"若在险境中才得遇仙人,以身犯险又有何惧!"妖听了少年人所言,误以为他是故呈险状骗自己现身,恨恨道:"如此心机,再见无缘!"言罢隐身而去,只留一缕清香在月下袅袅而散。

过了许久,屋内传来一阵深沉凄婉的箫声,如怨如慕,如泣如诉。入夜,少年掩门而去,天色微白时才酩酊而归,醉倒屋前,口中喃喃:"我本无意,我本无意。"

妖看着,终究不忍,把那少年扶进小屋,又吹灭了烛火,静静地守于床边。屋外的山石旁,魔看着眼前的一幕,黯然离去。

少年醒来时,发现自己的头上竟有一方白绢手帕,幽香沁脾,模糊忆起昨晚之事,将手帕收进怀里,陷入沉思。

自此,少年人既不诵诗,亦不吹箫,也不舞剑,只在林中游荡,偶尔会在月下望着山石发呆,好几次妖都差点以为少年在看着自己。少年剑客的落寞让妖竟一时怀念起往昔书声琅琅、剑气习习的日子。

一日清晨,少年掩门而去,此后数月未归。 妖独自一人漫步竹林,想起白衣的魔和蓝袍少年,心下幽然。偶一回望时,妖瞥见了少年人去而复返的身影,竟是不自觉地微微一笑。

少年是推了满车的奇花异草回来的。此后数日屋前屋后翻地栽种,侍弄花草,默默忙碌。

眼见春入竹林,花繁草绿,少年人的脸上有了笑意,笑意中带着淡淡的惆怅。

转眼月圆。少年人焚香一炷,对空作揖,朗声道:"烦扰姑娘数月,在下明晨离去,不复还日,还望临行前有缘与姑娘话别。"话音落处,久久没有声响。

此时的妖正远远地望着空空的莲花缸出神。自那晚魔一怒而别便再无音讯。月光依旧,相思依旧,却再也听不到风中那轻轻的叹息声。妖临风惘然,如有所失。

回身竹林时,妖看见少年人正掩门欲走。妖淡然道:"要走了吗?"少年人骤见到琴女,一时情难自已,只觉月下的身影孤冷单薄,心下生怜,沉默片刻,点了点头。

月下,即将分别的人与妖第一次像一对相识日久的朋友比肩而坐。少年开口道:"姑娘可知,这木屋乃我先人所建,相传先祖在此埋下家族秘密,只是历代族人遍寻不见。我此番前来也同样无功而返。"

闻得此言,忽觉往日种种颇为不妥,妖的心中暗生愧意。少年人看看神情窘迫的妖,温和一笑,体贴道:"如今我要走了,姑娘自当这里是自己的家吧。"妖忍不住问:"你既已决定要走,为何又种下这许多花草?"

少年人怜惜地看着妖，淡然道："这花草乃是为姑娘种下的。在下血肉之躯，不知何时便归于尘土，不似这花落花开，草枯草荣，可以天长地久地相伴于姑娘。"

妖闻言不禁动容，一时无语。过了许久，轻声问道："你走了，会思念这里吗？"少年仰首望天，幽幽道："竹林数月，此生难忘。唯愿姑娘心无旁骛，一念清修，终能得道。"

月光下，少年与琴妖相约，琴箫合奏，乐中作别。一身翠罗衫的妖在少年对面端容正坐，想起少年人刚刚的一番言语，不禁晕红上颊，愈发显得翠竹淡雅，红莲清幽。待那箫声一起，满是离情别意，妖与少年就在呼吸相闻的咫尺间四目相视，恍然重见千年前少将军与琴儿主人的诀别，月圆日自己与魔的分离，不觉眼眶渐湿。

其实，心痛的不止是妖与少年，还有耐不住思念远远观望的魔。回想妖曾经的痴缠与决绝，又见她今晚的妩媚与多情，只觉抑郁难舒，无意中一掌挥出，竟打飞了剑客手中的紫竹洞箫。

那飞出的箫堪堪嵌入了妖所栖身的山石，山石应声顿开，露出了一只长木盒，内有宝剑一柄，家书一封，竟是少年苦寻的先祖之物。

■ 五

那日在刑场上，幼弟远远见到了自己奉若神明的兄长。此后一生，每当午夜梦回，他总是见到少将军雾中微笑的样子，静美若秋叶，纵归落黄土亦保持丰肌清骨的傲然。

将军府灭门之日，幼弟正携了一壶清酒守在城外少将军的坟前。他不知兄长那热血之躯为何就变成了冰冷黄土，也不知那从不曾言讲的依恋与思念如今该从何说起，又说给谁听。他缓缓吹起心爱的紫竹洞箫，一任箫声把自己带回那可以抓住兄长战袍赖着不放的温暖往昔。点滴旧事中，兄长的音容笑貌宛然若生，却又如清冷的月光一触即散。他一时恳请兄长活过来,带他回家;一时又自责不曾习武,不能与父兄并肩御敌,生死与共。

如此这般,吹一回,想一回,痛一回,且醉且哭的幼弟昏睡坟前,醒时天已渐亮。勉力回府的途中,又惊闻路人谈及将军府灭门之灾,如雷轰顶,再也无法承受,一时昏死过去。

悠然醒转时,幼弟只觉头疼欲裂,心内空空,竟似无半点记忆。环目四望,见自己正躺在一间山野茅屋的小木床上。阳光恣意挥洒进来,亮得让人莫名心痛。炫目光晕中,一红衣少女正立于床尾,静静地看着他。

"你醒了。"少女的语气温婉平淡,既听不出欢喜欣慰,也听不出如释重负的轻松。

幼弟点头,疑惑道:"不知在下何以在此?此乃何处?可是在下先前遇事,蒙姑娘搭救至此?敢问姑娘又是何人?可识得在下?"

少女转身去那木桌上取了杯盏,一边备茶,一边淡淡说道:"我与公子素不相识。那日见公子昏倒路边,便带回敝处暂歇。等公子身子大好,知道自己何来何往了,即可离去。公子际遇,小女子实在不知。"话说完,才转过身来,将清香四溢的茶盏递与床上之人。

少年人接过茶盏,握于手中,诚恳道:"如此,真是打扰姑娘了。不知何时可得痊愈,早日报偿姑娘的恩德。"

少女垂首,避开了少年的目光。半晌,等少年饮完茶,收了空杯,才缓缓道:"公子言重了。出手相扶,原算不上什么恩德,不必挂怀。只是这草野山居,粗茶淡饭,少不得怠慢了公子。愿公子清心静养,少生烦忧。"言毕,去那屋角取了少年的行囊,置于床边,转身离去。

少年人看着那抹红影消失在门口,只觉那背影挺拔却又落寞萧索,让人既敬又怜。细细想来,那少女凭一己之力救他上山,委实不易,应是热心之人,只是言

语中总透着一份疏离。又见她应答得体，落落大方，全不似山野村姑，心觉有异，却也无意深究。

呆坐半晌，毫无头绪，少年人便取过床边的行囊查看，却是一柄七星龙泉剑并一只紫竹洞箫。见此二物，少年人心头忽觉莫名悲苦，怔怔地愣在了那里。

入夜，晴峰有色，皓月无声，山中小花淡然香着。偶有空山鸟语传来，平添一份静谧。少年人长身月下，一箫在手，摩挲把玩。许久，移至唇边，幽幽吹起。

箫声清虚淡远，典雅剔透，分明是谦谦君子之风，却又透着哀婉，凄清悲凉。情至深处，余音不绝。

少年停了箫声，轻抚箫身，喃喃道："君乃故交，可知我家乡旧事？可否与我言说一二，一慰孤旅之人？"

月下无声。少年人一声叹息，把紫竹洞箫别于腰畔，又俯身拿起那剑来，细细打量，只觉似曾相识，心底隐隐作痛。长剑在握，却心下茫然，手不能舞，足不能动，身形困顿。想来自己从不是习武之人，这剑亦不是自己的随身之物，只不知为何却带在了身边。

如此一番思量，却仍看那剑似亲人一般，不忍离手，暗自感叹。

昏睡已久，此时便再无睡意，重又取箫，随意吹将起来。这一回，箫声却与前时迥异，但闻天风浩荡，马踏山关，自有一种舍身成仁、气冲九霄的慷慨激越。

红衣少女远远看着这一切，神色既怜且爱，既忧且惧，愁肠百结。

少年因失了往昔的记忆，苦思不得，每每独坐，寡言少欢。少女便默默相陪身畔，从不多语。是以相处日久，两人竟恍若路人，彼此相知甚少。

一日，少女下山，带回几卷书册，一壶清酒。

是夜，两人月下畅饮，吟诗作对。少年人讶于少女的才学，问其身世，少女只说是"天涯沦落人，自有伤心事"，不愿深谈。良久，又转问少年，若果找不回记忆，可甘一生平淡，终老山野。少年人只说："或恐家人苦候归期，心下不安。"少女颤声追问:"如若公子已无家人呢?"少年看了少女一眼,缓缓道:"若再无家人,必有情由,如此,更不能苟安。"少女转过了头,不再言语。

翌日,少女不辞而别。少年人在不安的等候中,渐悟那一抹红色已在不觉中成了自己生活的盼望,往日平静的相守原来也如是宝贵。

数月,少女回山,带回药方和剑谱,却将寻医问药,翻遍将军府终获剑谱的种种艰辛略去不提。少年无言,只把红衣人拥入怀中。

然而,当药汁越熬越浓,少女却发现少年人的温存越来越淡,每一份心神的清明,都伴着一份痛苦的迷乱和仇恨的狂恣。

风雨空山几度秋,月下习练的身影已渐从羸弱无助的少年长成身怀绝技的剑客。

技艺已成,家仇可报。少年留书一封,独自下山。

当年满朝皆知将军主战而太师主和,此后将军府惨遭灭门,虽是圣上旨意,但盛传计出太师。少将军之弟夜探太师府,却在无意中听到了另一番隐情。

更深露重,太师倒背双手,仰天望月,喟然长叹。一侍者走近,将长袍披于太师肩上,劝道:"每年少将军的忌日,您都夜不能眠。人死不能复生,您再痛惜,也要保重自己的身子呀。"太师叹息道:"那孩子是个难得的少年英雄呀,只是太过刚烈。当日我前往探视,把和谈以换民安、赢得时日富国强兵的道理又仔细说与他听。他言道,当初一念只为保国,慨然发愤,思虑不周;如今战败再谈,而兵马损伤已然过半,心下不安。我便劝他以国事为重,依我之计先脱身出狱,隐姓埋名,待日后我设法让圣上赦免于他,依旧回来带兵领将,保我国土。可他执意不从,意态决绝,说当日既立誓在先,今日更无他想,否则无颜以对战死沙场的将士。"

听闻此言,揣想兄长当日情境,少将军之弟只觉心痛无比,却听太师接着又道:"如今朝中已无良将可用,奸佞当道而主上失察,可怜天下苍生依无所依呀。"一旁的侍从接口道:"还有小姐,一去数年也不曾捎信回来,定是对您误会太深。"

太师摇头:"小女又何曾给我半点辩解之机呀。那日将军府惨遭灭门,确是我此生最大憾事。"

太师话音刚落,一剑飞来,直刺当胸。危急时刻,只见一抹红影从暗中跃出,挡在了太师的身前。

少女最后的目光望向了持剑之人,眼神中无半点怨恨,只有万般无奈与不舍。太师抱住了少女,神情悲恸,大放悲声。

少女已听不见身边的喧嚣,唯有旧日箫声隐约飘来,恍惚又见将军府外初雪过后的风雨亭,少年玉貌丹唇,临风吹箫,秀逸出尘,自己翠裙红袄,拂梅凝眸,爱意暗生……

不知过了多少时日,少女悠然醒转,见身旁唯有太师守护,喃喃道:"他定是负气而去了吧?"太师心疼,安慰道:"二公子尚在府中,只是那日急火攻心,至今昏迷不醒,不过性命无忧,你且可宽心。"少女闭目无语,当是怨尤不减。太师轻叹一声,徐言道:"那晚得知圣上听信谗言,恐将军府旧部对少将军之死不服而图谋叛乱,竟欲痛下杀手。我急召府上高手前往救人,谁知还是晚到一步,终成遗恨。"

少女闻言忙问道:"如此说来,将军府灭门一案非是计出我府?"太师摇头,心中感慨:"我当日主和原是深知国力不堪一拼,不愿将士们枉然送死,并无私心,且对少将军敬重有加,怎忍心灭了他满门忠烈,你又如何误会至此?"少女答曰:"那晚偶听父亲调派高手,又说是将军府将被灭门,不及多问便赶去救人,才生此等误会,还请父亲大人原谅。"太师叹道:"为父怎会怪你。你既是随他一路而来,岂能不知他那报仇之心?你原就想着以身代父吧?这又是为何呀?"

少女正了正身子,坦然道:"女儿在风雨亭外初听二公子吹箫时,便已认定了他。倘若二公子不能如其所是,我心下愧疚,此生难安。可无论怎样,总不能让他伤了父亲。即便因他而死,即便无缘相守,我也是心甘的。"

药很苦,点滴下咽,仿佛重饮了那段由昏而明又由明而昏的悠然时光。再见少女,少将军之弟只觉恍如隔世。

问及旧事,太师答曰:"当日,朝中一佞臣觊觎将军之位,又恐将军旧部不服,才心生毒计。后暴死,可见不容于天理。"

佞臣既死,少将之弟便恳请太师助将军府恢复清誉。太师便向圣上隐言,听闻将军府或有后人,不知可否派人找寻,为国所用。圣上虽有悔意,但恐将军之后对灭门之灾难以释怀,终不肯为将军府昭雪。

如此朝廷令人心寒,少将军之弟遂携太师之女隐姓埋名远走天涯。

蓝袍剑客从小便知有三条祖训:一要习文静心;二要习武强身,进可报效国家,退可行侠仗义;三者有缘人凭家传紫竹洞箫于竹林中取回先祖遗物,好生供养。当初聆听祖训时曾有些许疑惑,如今读完先祖留下的家书,才知晓本族渊源,心下豁然。

听完少年剑客的家书,妖的心中不禁生出一份亲近,又把昔日少将军与琴女的故事讲与少年人听,两人一阵唏嘘。

魔想起初听故事那晚妖的绝情,心下怅然,便于那木盒内取出无鞘七星龙泉剑细细打量,但见青锋凛凛,寒气逼人,但又纹饰巧致,光彩夺目,竟有似曾相识之感,不觉握剑在手,当下使出了一套精妙的剑法。从不曾舞剑的魔一时茫然,仿佛这剑法自己已习练了千年。

一旁的妖认出了少将军的佩剑。联想将军府的遭遇,她恍然明了魔之所以为魔的原由。原来,人、妖、魔的相聚终归是应了冥冥之中的天意,跨越了时间和族类,相连一体。

从此,少年留在了竹林。林中又闻书声,又见炊烟,还有月光下魔与少年并肩舞剑时的勃勃英姿。

有一种痛是终于相认、相聚后转瞬即成诀别。妖不知这种痛是否也是她必经的劫。

■ 六

道士是寻了妖气追至竹林的,恍若误闯人间仙境。融融月色下,修竹临风,花香袭人,琴箫相和,悠然自得。只那心神摇动的一瞬,道人多年的修为让他不及多想便一剑刺向琴声所发之处。

妖从山石上应声而落,立时现出了琴女的模样。道人不容自己去看妖那魅惑的人形,紧接着又是一剑刺出。

当木剑刺进少年的胸口时,他看了那剑一眼,很希望那是把真剑,反倒可以痛快些而不似这般苦楚难当。道人一生降妖除魔无数,从未失手,因为他从未遇到过愿意为妖挡剑之人。如今无论他拔剑与否,那少年都注定了要命丧剑下。他骤然发现,自己也会有心痛的感觉,可自己又是如此懦弱,无法与那垂死的少年对视,连一句"对不起"都说不出口。

少年辛苦地喘息着,看着他说:"拔剑吧,离开这里!"木剑拔出时,少年的血飞溅而出。妖惊叫一声,不顾一切地扑了上去,把少年抱在了怀里。道人心中羞愧,头也不回地走了。少年看着妖,努力地微笑着……

妖终于发现,其实自己从未仔细看过那少年,自己的眼目找寻的只有魔,看到的也只有魔,不管魔在不在那里。如今少年人就这样躺在她的怀中,眼神如此安宁,唇边是淡淡的微笑,那种美无以形容。若不是那坚实的胸膛还在流血,若不是那温软的身子正一点点冷却,她几乎认为少年人只是累了,想在她的怀里小憩片刻。

那晚正在莲花缸内修炼的魔突感心神不宁,第一个念头就是想去竹林看看。他发现自己好像有了牵挂。

夜很静,妖凌乱的发丝在微风中轻轻地飘着,很美。少年人看见妖的眼睛里一颗晶莹剔透的泪珠缓缓坠落,那一坠很漫长,渐渐凝成了他此生最后的印象。

魔的心也随着那晶莹剔透的泪珠坠落了。

夜深了,妖把少年抱进小屋,脱掉他身上的衣服。忽然,一条被血浸红的手帕从少年的怀里掉了出来,妖认出那是自己在少年醉酒那晚遗落的。那时自己心心念念地要赶他走,如今他真的走了,再也回不来了。

烛火下妖轻柔地把少年人的身子一点点擦拭干净,又为他盖好被。她在床边坐下,静静地守着,仿佛在等着少年人醒来。

烛火燃尽时,妖看到窗外魔悄然伫立的身影,不知已站了多久。

夜色中,魔看着妖的眼睛,告诉她:"我来为你疗伤。"

山石依旧,感觉自己的身子一点点暖起来,妖不觉发出一声轻叹。魔淡淡地说:"你在心痛。"妖点头。魔说:"妖永远救不了人的命,因为人是修为更高的族类。"妖又点头。魔不再说话。妖亦无语。

少年人死去很久以后,妖依然感觉自己会在月下听到箫声。她会痴痴地望着那小木屋,希望听见吱呀的门响,希望看到温暖的烛光。但是,除了隐约的箫声陪伴她的寂寞长夜,再无一物。

转眼又是冬夜,风雪刚歇,妖来到木屋前,倚在门边,似是对着门内的人喃喃道:"走了这许久,忘了回家的路吗?"屋内悄无声息,妖依旧不舍,又呆立许久才肯离去。

晓风轻扬,叶落如玉,一阵箫声隐约传来。妖缓缓停下了脚步,蓦然回首,见那小窗已被烛火映红,门开处,缁衣少年手执紫竹洞箫正含笑相视。

别后相逢,物是人非,缁衣少年已非昨日蓝袍剑客,而是因妖而死,不得投胎转世的孤魂野鬼,不再拥有温热的身躯。但在妖的眼中,这世上再没有什么会比少年的微笑更加令她感觉温暖的了。

雪夜月明,妖与鬼并肩而坐,共看幽蓝天幕下银装素裹的世界。静默了许久,两人同时看向对方,轻道一声"谢谢"。妖疑惑道:"你舍命救我,原当得我的谢意。你的谢意又是为何?"少年淡然一笑,娓娓道来:"自与你别过,四野茫茫,暗夜无边。一片混沌中,听到你的呼唤,惊觉你那颗为我而流的莹亮如珠的泪滴已化做一轮明月,照亮了我的世界,也指引着我回家的方向。"

妖听后沉思良久,探询道:"泪为何物?"少年说:"泪也是一种修行,泪眼看花开花落、缘起缘灭,哀而不伤。这是生而为人的一种境界。妖若流泪,妖亦有情,便有了人性。"妖凝神谛听,心向往之。缁衣少年看了不觉心动,只觉身旁的琴妖身上已悄然多了一份女子的妩媚。

翌日月圆,少年人在山石旁用千年枯藤架起了秋千,又以各色香花为饰。琴妖见了,竟似小女孩般欢欣雀跃,悠来荡去,好不逍遥,不停唤着身后的少年:"再来,再高一点!"

妖正兴起,忽觉身后那双手的冰冷转为了温热,身子一颤,猛然回头,看见了魔那亮晶晶的眸子,正幽幽地盯着自己。妖一时失神,自觉失态后忙挤出一个嫣然巧笑。殊不知,魔自遇见琴妖,见其百般情态,却从未见她对自己展颜,初见之下竟一时乱了心神,无意中手下用力,竟把妖猛然推至了半空中。措不及防的妖一声惊呼,如断线的纸鸢般从秋千上飞落,堪堪落在了魔的怀中。

时光仿佛又回到了初相识的那一夜,只是隔了许多的相思和挂念。魔呆立不动,深深看着怀中的妖,半晌只道:"你的笑很美。"妖恋着魔的温暖与气息,喃喃道:"不知何时也能看到你的微笑。"

■ 七

空山微雪,风清月朗。道人夜不能寐,披衣而起。燃灯诵经多时,却心事依然。他原本师出名门,也是资性淳良之人。入道后,凡行住坐卧、举念运心皆唯道是从,惟道是修,勉力用功,精进不怠。平生更以降妖伏魔为己任,从不受魅惑。唯一憾事乃误杀少年剑客,每每思及,愧悔难当,苦思还阳之法而不得,亦不解琴妖何能,竟叫人舍命相护,不觉起了探究之心。

一夜月明,道人重返竹林,瞥见琴妖着一身鹅黄轻纱独自漫步。衣袂轻拂处,玉枝摇动,偶有叶尖露珠滑落,便汲露为食,身姿曼妙,美不可言。道人不愿多看,匆匆返回。

翌日夜晚,道人又来,听妖月下抚琴。道人原也识得音律,却不曾想,凡高山流水、万壑松风、水光云影、虫鸣鸟语尽入声中,琴曲竟有百千调,诉尽人间万般情,不觉已是心神俱醉。如是,每晚皆至,月下听琴,风雨无阻。

月圆夜,道人发现魔如自己一般只为听琴而来,悄然而至,悄然而归。松沉旷远的琴音雪躁静心,感天地和平泰然之气象,化心内沉郁不平之忧愤,令人心境辽阔,悠然忘我。生平第一次,道人与魔安然共处;生平第一次,道人认定了,静静地听琴也是一种修为。

曾经,道人也想明了曲中的情怀,那永世相随的缱绻柔情、无惧生死的冲天豪气,那淡淡的幽怨、切切的等待,为何如此清晰又如此悠远。终于,在缁衣少年与妖相逢的一刻,道人以为自己找到了一切的答案。

当夜,道人打坐,入静不久便有美妙琴音袅袅袭来,似真亦幻,渐觉全身经脉合适,四肢通畅,满怀春意。道人见怪不怪,定静专意,琴音渐失。

竹林里,烹茗对弈,把酒论道,三杯过后,唯知素琴横月、紫箫吟风、剑舞翩跹。

一夜,相聚尽欢后,少年取出供奉于木屋中的宝剑交与魔,言道:"连日来,总觉那道人似在近旁。他技艺甚高,若存念降魔,你恐难全身而退。此剑乃千年前忠烈之士的随身之物,自有一股浩然正气,道人也要敬它三分。若剑不离手,他自不敢伤你。"魔闻言凛然道:"我一念修行,从不曾伤害性命,又何罪之有,何惧于他?为何独独只给我防身?"少年淡然一笑:"那道人执着于降妖伏魔,当作修行大道,一心只要自身清白,又哪里管得妖魔的无辜?否则也不会冒然出手伤了琴妖。如今既已因妖而害人命,想来心底也是愧悔,当无颜再伤琴妖与我。"

魔并不信服,但偶然瞥见静立一旁的妖关切的眼神,便不再多言,佩剑于身,英豪之气立现,仿佛少将军再世。

魔飞身而去,妖痴痴地望着魔远去的方向,少年静静地望着身边的妖。道人远远看着这一切,心思翻滚,感慨万千。

是夜,道人打坐,心绪不宁。刚一入静,竟现妖魔交合之情境,雷鸣电闪,撼天动地,威力无比。道人只觉眩惑而心荡,魔性凶顽,十分惊险。原以为"见魔非魔魔自灭",本不欲理会,可接连数日,此境频出,似有深意,道人亦觉或许天意令其必有所为，心下凛然。

又一夜，魔与少年对饮，相谈甚欢，不觉醉酒，走时竟忘了带剑。行至半途，见一道人飘然而落，立于路中，背悬驱魔镜，手执桃木剑，显是为己而来。

魔停住身形，傲然相视。道人神色温和，直言相劝："你虽为魔，秉性良善，从不伤生，道人我亦无心为难于你。只是，你与琴妖或有孽缘，劝你离了此地，以避劫难。"魔不耻，正色道："琴妖清白，我亦无愧。那莲花缸乃我千年栖身之所，断不肯离去。"道人又言："你若留恋莲花缸，须立誓永不与那琴妖再见，否则我必尊天意，行天道，降妖伏魔！"

听闻此言，魔面露不平之色，冷冷道："我与琴妖若是两情相悦，又何碍于天道？"道人摇头，面有怜意："天机不可泄露，只是你二人决不可交合，否则定遭天谴，悔之晚矣！"

魔见那道人神色凝重，想来不是虚词，心下不觉一沉。良久，魔轻声问："我若不在了，你可答应保那琴妖周全？"道人婉言劝慰："你与琴妖若再无瓜葛，二人皆可避祸，自无需他人回护，其余便要看你二人的修为造化了。"

魔无言，伫立良久，淡然道："此生若不能再相见，宁愿魂飞魄散。你尽管动手吧！"言罢，闭目，引颈就戮。

道人终究不忍，又劝道："你已修行千年，就此散去，岂不可惜！又何必执着于琴妖！"魔不答，只岿然不动。道人见魔如此不受教，轻喝一声："既如此，今日我便成全了你！"一剑刺进了魔的胸膛。

一时间，愁云惨惨，凄风烈烈。魔的一袭白衣随风鼓荡，挺拔的身躯开始摇动，体内异物不断猛烈地向外冲击。道人原意本在于警戒，进剑不深，手握剑柄，始终不曾放开，一双眼紧紧盯住了魔。魔面色痛苦，不出一声，只勉力支撑着自己的身子不倒。

正相峙甚苦，远远传来琴妖急切的声音："魔君何在，我来送剑与你！"魔第一次听见琴妖呼唤自己,心头一颤,不觉张开双目。道人看见了魔眼中的光芒,警示于他:"放下琴妖,尚可回头!"言罢便欲撤剑。魔不答言,暗中一掌猛然击向道人。

道人不及防备,松了手中之剑,一退数丈远。

琴妖的声音再次传来,已然近了许多。魔长叹一声,不再迟疑,回手一掌击中剑柄,一任桃木剑硬生生穿胸而过。

霎那间,天摇地动,星月失色,一个个旧日冤魂从魔的体内飞离而出,转瞬消散殆尽。一次飞离便是一场挣扎、一番撕裂、一份虚弱。魔在惨烈的痛苦中屹立着,明白自己正魂飞魄散。想着自成魔之日起不曾违誓,倒也心安,如今就此散去了,终也落得个干净。

此念一生,苦苦支撑的魔便再无气力,轰然倒地。

魔倒下时,又一次听见了妖的呼唤。魔的眼睛转向了妖的方向,可最终还是转首向天,默默地闭上了眼睛。曾经魔渴望过妖的眼泪,而一息将尽时他只祈祷妖的无情。

看到眼前的一幕,匆匆赶至的妖终于发出了一声撕心裂肺的嚎哭,她的眼中流出的不是泪而是血。妖飞扑到魔的身上,用七星宝剑毅然割开自己的手腕,把汨汨的鲜血滴进了魔的口中。

魔的身子一颤,涣散的神志开始清醒。他缓缓睁眼,看到了妖。他看到了初识夜翩跹而降的妖、木屋内一脸娇羞的妖、月光下端坐抚琴的妖、花丛中荡着秋千的妖……柔情满溢的魔不再感觉到痛苦,他冲着妖微笑了。这是魔此生第一次也是最后一次的微笑,羞涩清朗,绝美动人。

这似曾相识又令人心碎的微笑让妖恍然明了,旧日少年之伤虽痛却未减其修炼之心,但若这世上不再有魔,自己亦不复有存在的理由。魔之身形仍在散化,妖猛然拔下头上的金钗,万缕青丝飘飞散落之际,她一袖轻舒遮住娇躯,一手已将金钗深插入胸,又负痛拔出,把钗上那一滴心头之血送入了魔的口中。

妖在魔的身边缓缓倒下。魔的散化渐止,天色放晴,云开月朗。一只青鸟落在妖的肩旁,轻轻吻过那散乱的云鬓,便哀啼着飞远了。魔看着身旁的妖,潸然泪下,慢慢闭上了眼。

■ 八

魔不知自己还会醒,醒时第一眼看到的竟是莲花缸中半坐半卧、似睡似醒的琴妖。但见紫衣偏映星辉,罗裙不惹轻尘,青丝半挽随风,金钗斜插暗摇,便如那月下初开的睡火莲,柔美温婉。魔静静地看着,舍不得稍动。

一旁打坐疗伤的道人开了口:"你终于醒了。"

魔看见道人,明白是他送了二人至此,问道:"为何我已醒而琴妖未醒?"道人回说:"因为还魂丹只有一粒。"魔听言急道:"你不救她,却来救我作甚?"道人叹曰:"你若死,她又岂能独活?我本无心伤你,只想你知难而退,谁知你和那琴妖竟都刚烈如此!想来你二人早已情根深种,只不自知罢了。"魔亦感叹:"你既知我二人心思,又何必浪费仙丹?当初为何不用此丹救那少年性命?"道人听了,心下痛惜:"若能救得,我怎会吝惜?只是他不似你有这千年的修为,究竟挨不住。"

魔半晌无语,眼望琴妖。道人又言:"琴妖既把心头之血给了你,你已与她心意相通,只是她对你却再也无心,再也无情。你且静心,将自己的一口精气输于她口中,她心头有了这股生气,或许渐渐会醒。只是,她的千年修为已损,只能勉力维持人形,能否伤愈,就要听凭天命了。"

魔心痛,不再多语,于那缸中静坐。渐渐地,似水柔情满溢心扉,往昔琴妖的百般爱恋与苦痛都如各色春花在魔的心怀漫天怒放,魔只觉情花灿烂,情深意重,感动不已。

皎皎明月下，魔温柔地抱起琴妖，声若耳语："请带着我的爱醒来吧，此生彻底忘了我，快乐地活下去，所有的思念与伤痛就让我一人承受。"说完，魔俯身，给了琴妖悠长、悠长的一吻。

　　琴妖醒来的时候，月光正从木屋的小窗斜斜地射进来，照在床边缁衣少年的脸上，洒下轻柔的光辉。妖看不清少年的脸，只觉那眉目间有种淡淡的哀伤，便用手指摸了摸少年的脸，竟是润润的，问道："你哭了？"少年不语，只把那冰凉的小手紧紧贴在自己的脸颊上，久久不肯放开。

　　接下来的日子里，少年在山石旁搭起一处茅舍，把木屋让与琴妖。两人比邻而居，日子过得闲散而慵懒。

　　一夜，两人挑灯闲话，少年凝视着琴妖在烛火中温润的模样，不觉出神。琴妖见怪不怪，微笑不语。不觉中，烛火兀自暗了暗。少年揣想是那琴妖又欲戏弄于他，却忘了他如今既身为野鬼又怎会怕了，不禁暗笑。

　　清浅月色下，但见琴妖拔下头上金钗往那烛火上轻轻拨弄，手起处渐渐开出一朵暖暖的灯花来。只这暗昧中的一点明亮，照见了琴妖怀里抱拥的一袭蓝袍。妖缓步上前，轻声道："初见你时便觉那一袭蓝袍甚美，今日这件才刚缝得，不知是否合身，你且一试。"

　　少年身形微动，已然穿好，萧萧肃肃、风神秀逸，比之旧时更添雅性庄重。琴妖看着，神色甚温柔，正欲上前为少年整理衣襟，却不知怎的昏倒在少年的怀里……

　　妖做了绵长一梦，隐约有人拥其入怀。那人长发飘垂，白衣似水。

　　梦回时分，琴妖依旧神思恍惚，心下怅然。她环视小屋，见少年正倚在窗边望着自己，不禁微微一笑。少年俯身，凝视着琴妖，嗔道："既是身子如此虚弱，为何不说与我知？却还这般拼命为我缝衣。"琴妖双目含情，却是无语，让少年看得愈发心疼。

　　那晚过后，少年便不似从前那般流连木屋，只遥对小窗月下弄箫。淡淡的箫声莹莹点点,诉说着斑驳的心事。窗内琴妖卧听箫声,渐入梦境。梦很美,却总也看不清伊人模样。只是,冥冥中却有情针绵绵,暗暗缝补起支离的往昔。

转眼已是数月时光,琴妖总是睡时安宁,醒来却恹然无神,似乎但愿长眠不愿醒。偶尔徜徉竹林,也是时喜时忧、若有所思的样子。

一夜春暖,花香袭人。木屋内,魔助妖修炼后,一时困顿,闭目小憩。妖缓缓睁开了眼,怔怔地看着魔,不觉用手轻抚那英俊的面庞。魔睁眼时,发现妖依旧睡着,以为刚才是自己的幻觉。他静静地看着妖安睡的样子,许久不愿离去。

不知何时,屋内已没有了魔的身影。窗外,箫声幽幽,声声关情。远处,道人茕立,翘望竹林。

花开半夏时,少年送来一盏化间清露。妖且饮过,一时神清气爽,对着少午莞尔一笑,又于怀中掏出一只香囊,递与少年。少年接来看时,见那香囊是幽蓝的水色,上绣芙蓉,异花同蒂,红香泣露,精巧可人。香囊里是少年当年所种之花的花瓣,已然风干,却清香依旧。少年正自欢喜,妖拉了他的手,柔声道:"近来身子总不大好,似已守不住心神。若终一日只剩你一人孤单,也算为你留点念想。"

少年听闻如雷轰顶,立时凄泪横流,浑不自知。妖徒然替那少年拭泪,却哪有尽时,也不免心酸,温语相慰道:"我只随口说说而已,何以就哭得像个孩子一般。你且振作起来,我今将那《普庵咒》教与你,日后也可一解烦忧。"少年不忍辜负琴妖深意,点头拭泪,学将起来。

箫声漫天,空灵清肃,虽是初试,但神韵悠然。一曲终了,屋内琴妖已是气息微茫,恹恹若绝。屋外,月正中天,有心人叹息徘徊,不忍远去。

是夜月满,古旧圆浑,照着莲花缸里一身玫红的琴妖。玉面映月,晕染浅浅金辉,仿若睡火莲的花蕊沉睡将醒,只待凋谢前一刻的怒放。

月下的魔看着如花的妖,回想起道人之语:"你夜夜为妖疗伤,或已令她情愫暗生。只因当日那滴心头之血给了你,若不能与你合一,她终会心血流尽而亡。"

思及此，魔仰天长啸："我与琴妖生死相从，若天意不容，甘被封印，化为清水，永世相守！"

莲花缸里，魔的吻深情绵长，妖的美凄婉动人。妖魔相拥，回眸往事，花开酴醾。情到深处，云交雨合，龙吟虎啸，其景殊美。雄强安于雌柔的一刻，更是风起云涌，电闪雷鸣，造化运转，撼动乾坤。

那晚天呈异象，道人的师父掐指一算，知是其徒修行之处，遂召他来，诘问缘由。

道人便将林中故事娓娓说来。师父听了亦不免心下恻然，叹息道："那妖魔交合，已是法力无边。倘若生子，而子不孝，恐将无法收服，悔之晚矣。"道人惶然："既如此，该当若何？"

师父沉吟道："若那妖魔无后便罢，倘若已然孕育，你可将为师的药丸交与琴妖服下，令她终止怀妊。否则，只能在妖分娩前将妖魔二人封印于莲花缸中，永不解封开印，以绝后患。"

道人听得此言，良久不语，神色凄然。师父知其不忍，欲坚其志，言道："降妖伏魔乃奉道而行，若成此举，实属功德，需尽心而为。"

为遵师命，道人一刻不误，前去寻魔。相遇时，魔刚与琴妖分开，依旧笑意盈眉。道人见了，心中不喜反悲。

魔与道人席地而坐，斟了一碗琴妖亲酿的桃花酒递与道人，郑重道："论将起来，你是我与琴妖的恩人。若非你，我二人岂知彼此心意，又或许终究各自散去。如今畅快相守，又将为人父母，方知世上幸福莫过于此。"

道人接酒，也不多言，举头一饮而尽。痛饮一晚，魔见道人始终不语，只求一醉，疑惑道："你整晚无语，莫非有何心事？"

道人借着几分酒力，终于狠心将师父的言语和盘托出。魔听后并不搭话，背转身去，仰首向天。许久，魔朗朗道："妖既为母，欢喜疼惜之心想来与那凡间女子

无异,怎忍让她承受弃子之痛?若果天意如此,到时你尽管动手便是,我二人绝无怨辞,你也无需内疚。只是,那游魂孤苦一人,还请日后顾怜。"言罢,飞身而去。

与魔分别后,道人闭关不出。静想那魔性子刚烈,既心意已绝,再难撼动,自己虽不忍,但终究也算是他二人求仁得仁,得遂永世相守之愿。便放下这层执着,苦思相助游魂之法。终一日,就还阳之术上有所顿悟,心下稍安。于是出关,去寻那游魂。

没有了琴妖的竹林,箫声落寞。缁衣少年见了道人,竟如见知交,拿出琴妖留下的桃花酒,与道人对饮起来。

酒过三巡,道人对少年言道:"琴妖有孕,你自是替她欢喜,但你不知,她产子后便会变为人身,数十年华一纵即逝,既要经历凡人的生老病死,却又再也无法托生。"

少年听了,半晌无语,随后沉沉道:"妖魔相恋甚深,即便如此,想来琴妖也是心中无悔。"

道人又说:"你可知,若在琴妖产子前将妖魔二人封印于莲花缸中,便可助其修炼得道。得道之日,他们自会解印而出,永断生死,逍遥自在。"少年问:"他二人可知此事?"道人答:"他二人便是此意。"少年又问:"为何此事是你说与我知？"道人安慰说："那妖魔与你，犹如亲人，怕你终究难舍，不忍当面提及。"

少年闻言不语。道人又说："封印咒符，我自会准备。倘若到时你亲手施为，有你相送，他二人必会心安。"

少年终于明白，无论何种结局，总也躲不过离别，别后亦恐再无相见之日。想着今后暗夜无边，漫漫思念未有尽时，少年心下凄苦，但为成全所爱，依旧含笑答允。

所有的因缘和合，终有蒂落的一日。

莲花缸内，琴妖阵痛，产子在即。看着痛楚难当的琴妖，魔后悔自己贪恋与妖相守的点滴时光，未早做决断，心疼道："累你受苦了。"琴妖艰难喘息道："夫君何出此言。岂知我身上虽痛，心下可正欢喜得紧呢。咱们的孩儿若眼目随你，该有多英武，想着都感觉甚好。"

魔闻言，心下一酸，眼圈顿红。

妖用手轻抚魔的额头："还记得当初我那傻傻的誓言吗？我若在你面前落泪，将受灰飞烟灭之苦。我现下只觉痛楚愈烈，恐终难自持。夫君你且暂去，待我产下孩儿，我们一家三口还有无数相守的时日。"

魔不走，知道最后的时刻到了。他看了看莲花缸外，似有深意，又转过身来，温柔地抱起琴妖，爱怜无限地告诉她："此生有你，无怨无悔，就是片刻，也不愿与你分离。有我相陪，你再也不会痛了。"说完，魔深深地吻住了琴妖的唇。

这最后一吻深情脉脉，绵绵无尽，令琴妖忘却了世上

一切的苦痛,笑颜如花。

不远处,少年一袭蓝袍伫立风中,箫声悠扬。一曲《普庵咒》飒飒落落,上至玉霄,下入碧泉,直叫人忘却了天上人间。一曲终了,少年对那莲花缸深作一揖,扬手一挥,一纸封印飘向空中。

莲花缸内妖魔拥吻的身影如烟逝去,莲花缸外蓝袍玉立的身姿也随风消散,只闻得风中响起一声嘹亮的啼哭。

渐渐地,一切归于静寂。

天地苍茫,月光如水,莲花缸依旧。仿佛所有的一切从未发生过。

■ 九

道人年近迟暮,行将羽化。他是当世最著名的幽隐道人,因当年封印了一对交合的妖魔,成就了民间流传的一段佳话。但无人知道,那恰是他心底之痛。

静夜幽明,满室风月,但觉竹香阵阵,琴韵袅袅,悠然而神往。蒲团之上,坐见天心,才知妖魔仙佛,一念之间,放下方得道。

莲花缸前,道人焚香,整衣肃拜,朗声道:"竹林时光,譬如昨日,岂知已是垂暮将至。修行一世,方知妖魔亦为吾师。今且开封解印,了此尘缘。"

道人话音刚落,一众弟子跪拜于地,恳求道:"师父三思,若放了妖魔便再也不能成仙得道,妄负累世修为!"道人淡然曰:"我只知善念得善果,未曾见妖魔!"言罢,道袖一挥,封印应声而解。

但见莲花缸内一只并蒂莲冉冉而出,映日而红。花瓣含笑,风中轻摆,竟似挥手作别。道人看了会心一笑,了然,释然,羽化成仙。

多年后,一僧人路过,偶见莲花缸,便留下修行。

据说,那僧人本是无父无母的孤儿,在深山古刹的门口啼哭不止,被老僧发现收养。老僧见那孩儿裹于一袭蓝袍之中,手握蓝色香囊,上绣并蒂莲,又眉眼细长宛似莲花花瓣,为其起名"善念"。

旧时将军府,今日莲花寺。寺内莲花缸,并蒂莲花开。妖魔鬼道僧,善念常相继。一叶一菩提,一花一净土。

一白衣少年从香火鼎盛的莲花寺礼佛出来,信步江边。江边薄雾轻起,江花似火。少年仗剑而行,极目四望,寻寻觅觅。

远方渐渐传来《普庵咒》的悠长琴音,一叶兰舟正乘雾而来……

流浪的土狗

一

我是一只土狗,一只流浪的土狗。可是,我有名号,那是我心底不变的骄傲。

我的妈妈是一只土狗,一只浑身雪白的土狗。她是方圆几十里最美丽的姑娘,会用她的眼睛温柔地微笑。

我的爸爸是一只土狗,一只浑身黝黑的土狗,他是方圆几十里最强壮的汉子,会用他的喉咙深情地歌唱。

多情的月夜里,飘雪的山冈上,爸爸为妈妈唱了一首深情的歌谣,于是,他们有了我。

那时我还在妈妈的肚子里。妈妈不知怎的突然吃不下东西,一心一念只想吃鸡蛋。于是,爸爸就去邻村偷,偷到了,就用嘴衔回来,放在妈妈的身旁。

有一天,爸爸又出去了,可是再也没有回来。他偷鸡蛋时被埋伏的村民抓住了,死在了愤怒的棍棒下。

人不懂狗的爱情。

那一晚,妈妈独自生下了我。

当主人发现快冻僵的我时,妈妈已经随爸爸而去了,身下是一滩冻干的血迹。美丽的眼睛依旧睁着,寒夜冻不僵的是温柔的眼神……

我没有了父母,却有了一个名字。我的名字叫雪蹄。我是一只黑白分明的土狗,一身黝黑的毛,四只纯白的爪,像冬日黑夜里的飘雪。

二

我是一只土狗,一只流浪的土狗。可是,我有家乡,那是我目光追随的方向。

主人给了我名字,还给了我一个家。家里有个小主人,是个五岁的女娃,大家都叫她娃娃。

娃娃总是穿着红红的衣衫,看得我眼花。她有一双会说话的眼睛,总是对着我笑。我听见那笑声好美。可人们都说,她是个哑巴。

娃娃的娘在生她的当晚大出血死了。娃娃一出生就哭,直到哭没了音。后来,娃娃除了哭,不会出任何其他的声响。娃娃她爹是个寡言的汉子,拿娃娃当命根子。他辛苦地劳作,只为挣了钱给娃娃治病,听娃娃喊他一声爹。

后来,有人说,娃娃是中了邪,要找一只纯黑纯黑的土狗,杀了那狗,拔下犬牙,穿上红绳,戴在娃娃的项上,就能让娃娃开口了。于是,娃娃她爹就相中了那只方圆几十里最强壮的纯黑的土狗。

娃娃她爹是个淳朴的庄户人，他知道，为了自家的娃辟邪就去害了狗的性命，是决计不能做的，那是会遭报应的。他决定耐心地等，等黑狗老死的那天，就把狗葬了，让他免受被剥皮烹煮的悲惨，然后，留下犬牙，穿了红绳，戴在娃娃的项上，听娃娃喊他一声爹。

从此，娃娃的爹就悄悄盯上了那只黑狗，也就知道了黑狗的爱情。听说邻村人杀掉了黑狗时，他疯了一般地跑了过去。浑身是血的黑狗已经没了气息，被村民们吊在了树上。平日里高昂的头颅无力地耷拉在胸前，只是一双眼依旧睁着，眼边挂着泪，眼里是无尽的悲哀……

娃娃他爹向欲吃狗肉泄愤的村民们苦苦哀求，买下了死去的黑狗，把他葬在了自家后院的桃树下。没过多久，桃树下长眠的黑狗身边又躺下了他一世的爱人。他们再也不会被分开。

他们的骨肉也被带回了家，有了一个美丽的名字叫"雪蹄"。

原来，人也懂得狗的爱情。

从此，娃娃的项下就多了一条红绳，绳上挂着一只犬牙，洁白洁白的，像山冈上的雪，像雪夜里的月牙。只是，娃娃依旧没有开口，依旧不能喊一声爹。

从此，娃娃家的桃树就灿烂烂地开起了花，又泼辣辣地结起了果。娃娃他爹常会看着那树发呆。

没有人知道，当娃娃看着我的时候，她的笑声有多美。没有人知道，当我看着娃娃的时候，我的心里有多甜。

日子在我们互望的目光中流淌，像那些个安静的傍晚，太阳和月亮一起照耀着，总是明亮亮，暖洋洋。我相信，自己定是这界上最最幸福的土狗。

当然，偶尔也会有一个闷闷的声音响起："娃娃莫骑狗，骑狗破裤裆！"一身红装的娃娃便会把我两只黑黑的小耳朵抓得更紧，我就会亮起雪白的爪子跑得更欢……

天暖起来的时候,就来了那条阴险的花蛇。主人不在的时候,他会偷偷游近娃娃的身旁。那蛇有身花衣裳,娃娃看了一脸欢喜。我的狗鼻子闻到了危险的味道,警惕地拦住花蛇的道,向他发出威胁的低吼。

蛇怕了,就灰溜溜地游走了,很快就在草丛中没有了踪影。这样的时候,娃娃就会转身回屋,不再看我一眼。

我哀哀地低声唤她,她并不出来。我很伤心,真的很伤心。

一个暖暖的午后,主人叫了我的名字:"雪蹄呀,不舒服吗?来,吃骨头吧!"

一节粗短的骨头美好地躺在阳光下朝我微笑。我把尾巴摇了又摇,用最深情、最感恩的眼光看向主人。我好爱他。我知道,那是穷困的主人专门为我准备的。

就在我准备美美享用那珍贵的骨头时,我又闻到了危险的气味。花蛇又来了,正在墙边媚惑地扭动着,娃娃见了忙去拿了一根小木棍子碰一碰花蛇的身子。花蛇猛然间挺起了身子,恶毒地吐着信子。

只一瞬间,我腾空跃起,身体在空中划出一道长长的弧线,稳稳地扑在了娃娃的身上,用我的身躯为她抵挡花蛇的进攻。

所有的人都吓坏了。花蛇吓跑了,娃娃吓哭了,主人吓呆了。

接着,主人闷闷的声音炸雷一般响了起来:"雪蹄,作死呀!怎么连娃娃都扑呢?!"主人窜过来,一脚把我踢翻,抱起了痛哭的娃娃。

那天的骨头是我见过的最美的骨头,也是主人送给我的最后一块骨头。

后来我总在想,那骨头到底是什么味道的呢?

我被主人赶出了家门。

可是,我不走。我总在篱笆门外徘徊。我的家在门里,我的主人在门里,我的娃娃在门里。我不走。

主人很生气。他不让我进门。但是,总会有半碗吃剩的饭菜搁在门外不远的地方。我是主人抱回来的娃娃,他不能不要我。

一身红衣的娃娃依旧会在院子里玩耍。她的目光常常会不经意地投向篱笆门，孤独地，没有声响。

沉默的我终日里愤愤地找寻着那只可耻的花蛇。

后来就遇到了那个改变我土狗命运的日子。

那天我从草场回来，看见篱笆门外的碗里赫然多了好大的一块肉。我欢快地摇着尾巴，用最深情、最感恩的目光遥望我那门里面的主人。主人的身影没有望见，却看到娃娃在院子里独自玩耍。

肉很肥，味道怪怪的。肥肉才下肚，头就发晕。就在这时，我又看见了那条花蛇，卑鄙地想要钻进篱笆门里。

在我的印象中，自己的身体应该是飞扑向娃娃的吧，却不知怎的瘫软在了地上。我突然发现自己再没了半分气力。震惊中，天旋地转起来。

模糊中，一记闷棍打在我的脊梁上。

模糊中，娃娃撕心裂肺地喊了一声"爹"。

模糊中，我被装进一只铁笼，笼子自己会跑。

模糊中，看见主人抱着娃娃奔跑的身影。娃娃的红衣亮得如日头一般耀眼，主人的脚步踏起一路的尘土飞扬。分明看见他们飞奔而来，可却离我越来越远……

当我终于醒来，家乡已经是千里万里之外梦中的模样。

■ 三

我是一只土狗，一只流浪的土狗。可是，我有兄弟，那是份死生相守的情义。

卡车上，铁笼中，我认识了一班遭遇相同的落难兄弟，我们大家缺吃少喝地挤在一处。有那雄武霸道的，即便在笼中也想划出自己的地界；也有那絮叨的、悲哭的、狂吠的、沉默不语的。

然而,每只狗的心底都有着对自由的渴望。

人不懂狗的语言,人不识狗的聪慧。

狗贩子的行径自是见不得光的,夜晚露宿也只能选在荒郊野外。就在他们几瓶烈酒下肚头昏脑胀时,铁笼中那只最幼小、最显温顺的哈士奇仰天向月,发出了阵阵狼嚎。

很快,山野间隐隐传来应和之声。

一个狗贩子带着棍棒下了车,凶狠狠地瞄准了铁笼门边的哈士奇,连下狠手,却因铁网碍事而数击不中。狗贩子气急,决定打开笼子惩治肇事者。

就在笼子被打开的瞬间,哈士奇侧身避让,立时有几只大狗率先冲出,把狗贩子扑倒在地。我正准备一跃而下时,一顿疯狂的棍棒落在我身上,原来另一个狗贩子赶来增援了。

说时迟那时快,刚刚脱险的哈士奇猛然返身,一口咬在狗贩子的腿上。被袭的狗贩子反手一棒击中哈士奇,趁他吃痛松开嘴时,一脚踢出,把他踢向了半空中……

狗贩子开车仓皇逃窜了,狼群也远远退去了,难友们各自奔向了自由。我独自留下,在暗夜中找寻那拼死救我的兄弟。

我兄弟躺在草丛中,冰蓝色的眼眸像蒙上了一层雾,静静地望向天空,仿佛在想着最后的心事。我的心一阵悲凉。叼起那小小的身躯,我不顾自己满身的伤痛,奋力狂奔。

城市的灯火是我的希望,在一个橱窗里,我看到穿衣戴帽的同胞,看到他们受着最细心的关照。我想,那里应该就是我交托兄弟的地方。

我把小兄弟护在怀中,向着那屋内哀鸣。门开处,闪现一个白色的身影。小兄弟被独自留在原地,我悄然隐退。白衣人抱起了我兄弟,带他走进了屋内的光明。我在门外的黑暗里为我的兄弟祈祷。

多少个日夜,我在那扇门外徘徊守望,总想多看一眼我的小兄弟日渐康复的模样。透过橱窗,我看到他分明被许多双手爱抚,可他却总是四处张望。我不知幼小的他是否还惦念着我,如同我惦念着他一样。

有一天,来了一个发色如秋日麦田的小男孩。他见到我的小兄弟就把他紧紧抱在了怀里,柔柔地与那冰蓝色的眸子相望。全心的拥抱,凝望的目光,胜过世上一切的驯养。我看到了那深情对视的一幕,那是一种默默的彼此相认。哈士奇像个等爱的孩子蜷缩在那虽然不大但却温暖的胸膛。

当小男孩推开那扇门带着我的小兄弟离去时,我忍住了自己追随的脚步。远远地,静静地,我高高地举起我的尾巴,依依不舍地挥动。

告别了生死相守的兄弟,我振奋起精神,继续归乡途中的流浪。

■ 四

我是一只土狗,一只流浪的土狗。可是,我会歌唱,那是我平凡生活的一抹亮光。

城市是陌生的地方,流浪的土狗迷失了方向,迷失于美丽公主那盈盈如水的目光。

公主和我并非一族,听说她来自非常遥远的他乡。她一身雪白,目光中有一种清泉般的甘甜,叫人看了心慌。

我是一只在垃圾桶旁安身的土狗,对于公主应该只能遥遥相望。可是,我却悄悄跟随她的芳香,在夜深人静的时候,在她的身旁歌唱。

公主问:"为什么你的歌声如此明亮?"

我回答:"因为我唱的是明亮的太阳和太阳下宽广的山冈。"

公主问:"为什么你的歌声如此忧伤?"

我回答:"因为我唱的是思乡的怅惘和怅惘后的迷茫。"

公主问:"那你为什么要对我歌唱?"

我回答:"因为我想娶你做我的新娘。"

公主问:"你会像主人那样为我梳头吗?"

我回答:"不会,但我会带你去最清澈的小溪边,你可以对镜梳妆。"

公主问:"你会像主人那样为我扎上粉红的丝带吗?"

我回答:"不会,但我会摘下最鲜艳的野花为你插在鬓旁。"

公主问:"你会像主人那样为我撒上香水吗?"

我回答:"不会,但我会带你去最茂盛的草场,沾一身迷人的草香。"

公主问:"你会像主人一样给我一个大大的房子吗?"

我回答:"不会,但是为你遮风避雨的会是我强壮的臂膀。"

公主说:"你这流浪的土狗啊,你是行吟的诗人,你是英武的骑士,请在明晚月亮升起的时候,带来一片涂抹了黄油的面包,作为你爱情的信物吧。"

带着对公主满心的爱意,我来到了郊外的斗狗场。

撕咬拼杀的狗儿是台上的斗士,呐喊助威的主人是台下的看客。冠军的奖赏是一片涂抹了黄油的面包,那是我全身心的渴望。只是,当日的冠军已经胜出,是一只德国牧羊犬,威武雄壮。

为了和公主的约定,我上了擂台,诚心诚意地问道:"冠军先生,我为你做些什么可换来你手上的面包?"牧羊犬俯视着我,轻蔑地说:"舔一下我的脚丫,面包就归你。"我正色道:"失去尊严,不如爽快地死去!"牧羊犬笑了,喊道:"有种!那就一战决雌雄!你若赢了,面包你拿去;你若输了,狗命留下来!"

身材高大的牧羊犬乃是训练有素的冷面杀手,我却是只懂得攀援山岭、追逐野兔的土狗。很快,我被咬得遍体鳞伤。

但是,土狗的祖先毕竟是狼!唯有战死,绝不投降!

惨烈的战事过后，我赢得了面包，却留下了一只雪爪。

当城里的月光把我照亮，我如约来到了公主的身旁。

美丽的公主用她的吻和泪为我疗伤。

我深情地凝视着公主，对她说："亲爱的公主，你的美丽是我最初的爱慕，你的柔情是我最后的礼物。谢谢你如此温柔的爱。我将带着对你的祝福和美好的回忆继续上路。"

■ 五

太阳升起的时候，我又上了路，朝着远处的山冈，朝着家的方向。

红衣的娃娃一定在等我吧，我定要回去守候在她的身旁。

娃娃会亲切地呼唤我的名字，会在我老迈时亲手为我合上双目。

然后，把我埋在那棵灿烂的桃树下，让我的犬牙在她娃娃的胸前驱魔辟邪……

这，就是我的理想，一只幸福土狗的理想。

爱人会有的，骨头会有的，朝着家的方向，瘸腿的土狗一路欢唱，快乐地流浪……

夏天的那场电影

高三时青青随父母搬家了。搬家后转了学。转学后就遇到了潇潇。两人是同桌。

青青没有交男朋友,潇潇也没有交女朋友。这种状态或许与他们各自的远大志向有关:青青想去巴黎攻读法律,日后当一名女外交官;而身为将门之后的潇潇想报考军校,当一名飞行员。

录取通知书下来的时候,同学们早已告别中学的校园各奔东西了。那个夏天,对于青青和潇潇来说,青春如花,却无缘灿烂,便有莫名的怅惘在心底萦绕。

思忖多日,青青终于为自己找到了一个约会的理由。她发短信告诉潇潇第二天是自己的十八岁生日,想让老同桌陪自己看场电影。

长到这么大,青青还从未单独和男孩子去过影院。不知为什么，内心里她渴望这个"第一次"是属于潇潇的。

短信发出去，很久没有回音。青青的心不安起来。"这个要求应该是不过分的吧？"青青悄悄地问自己。可那个被问的自己竟也怯懦地沉默起来，让青青没了主意。

正惶惑间，手机短信的铃声响起，青青迟疑了一下，点开信息，果然是潇潇的回复："知道吗？长到这么大，从没单独陪女孩子看过电影。这个'第一次'属于你，我很高兴！"看罢短信，青青狂喜，捏起拳头，大叫了一声"耶"，又忍不住冲着手机屏幕扮了个夸张的鬼脸。

夏末无风的午后，日头依旧很毒，相约的两人兴致满满，竟一路步行着去了影院。两人边走边热烈讨论着要看的片子，最终一致选定超级搞笑片《功夫熊猫》。

一样的选择，两样的心思，谁也没说，各自欢喜着。潇潇喜欢看青青笑的样子，很豪爽，一点不像个女孩子，却有一份独特的真实与可爱。至于那笑声嘛，潇潇实在不敢恭维，有时听来像小鸭子在欢叫，有时干脆像小乌鸦的聒噪。这样的笑声还偷偷赖在潇潇的心底不走，寂静无人时便会肆无忌惮地响起，凭空多了一份热闹，少了一份寂寞。至于青青自己，她希望这个有潇潇陪伴的生日会异常开心，只要欢笑，其他的一切她都不要，尤其不要去想已一天天逼近的离别。

算计了一路，到了影院才知道，时间不凑巧，要看《功夫熊猫》还得等很久。毫无经验的两人感觉很郁闷，却又没时间再挑三拣四了，便选了立时可看的美国影片《全民超人汉考克》。

放映厅外，潇潇特意买了三十元一筒的大杯爆米花。进入放映厅，放眼望去，空无一人，仿佛是特意安排的包场。两人相视一笑，笑得既得意又心虚。

刚一落座，电影开始了。潇潇把爆米花放在了靠近两人座位中间的圆形漏斗里。青青迫不及待伸手去抓爆米花，刚巧潇潇也去抓，青青感觉碰到了一块火炭，潇潇感觉碰到了一块冷玉，两只手瞬间同时弹开。两人又是相视一笑，看不清对方的笑容，只看到对方的眼睛是亮晶晶的，一层朦胧的光分明在跳动、闪烁，像古旧照片中一壁融融的炉火。

银幕上，英俊的汉考克正独自一人坐在雷家的屋顶，寂寞地偷听着善良的雷和他迷人的妻子玛丽关于是否让汉考克接近他们家庭的对话。青青偷眼去看身旁的潇潇，感觉他的侧影像极了汉考克，坚毅、硬朗、年轻、孤寂。想想七年后，潇潇就会独自驾机在天空中翱翔，那岂不是也像汉考克一般成为空中飞人了吗？这样胡思乱想着，青青心满意足地对自己微笑起来。

剧情在演进，孤独了八十年的汉考克在独白："我常想自己以前是怎样的一个恶棍呢？怎么没有人来认我？"这一刻，潇潇和青青不约而同地转头看向对方，仿佛在问："你是来认领那个孤独的我的吗？"四目相对，竟然是同样的渴望。

汉考克的身世之谜不断被揭开，原来他是和玛丽一起被创造出来保护世人的，两人生来为偶，却会在彼此靠近时失去神力。每次汉考克找到他的玛丽，都会因保护爱人而伤痕累累，玛丽只能选择离开。当汉考克满怀悲痛地谴责自己生生世世的挚爱选择让他以为自己是孤身一人时，玛丽回答说："你被创造出来是为了保护人类。你生来就比我们更能拯救别人，这就是你的使命。"

那也是潇潇的使命吗？这个注定了要驾驶着战斗机保卫祖国领空的将门之后，他的使命也会使他长守孤独吗？那也是青青的选择吗？就像在得知潇潇要报考军校后，悄然做出的决定——出国，远远地离开。可是，电影中的两位主人公终究还是相认了。现实生活里，这样徒增痛苦和烦恼的相认是否应该发生呢？又如何能知，究竟两人是不是那上天注定的一对呢？

许多的问题出现在放映厅那两个安静而又不安的小观众心里。两人一动不动，好像都被掏空了。

影片进入了最后的高潮，真情激荡而神力尽失的玛丽为保护受伤的汉考克而中弹倒下。潇潇感觉心里一紧，忙侧脸去看身旁的青青，见她正抱紧双臂蜷缩在椅

子深处,一身白裙在黑暗的底色下被弥漫的光影洒上斑驳的色彩,愈发看不见娇小的身躯。潇潇看着心疼,忍不住伸出手想去轻抚女孩的茸茸短发。手至半空,却又停住,片刻过后,轻轻收回了。

银幕上玛丽的生命迹象正在一点点消失。青青紧盯银幕,浑身发冷,仿佛要窒息的不是玛丽而是她自己。突然间,一阵暖流隔空而来,好暖好暖,青青屏住了呼吸。片刻之后,那梦幻般的感觉又消失了。

最终,当浑身是伤的汉考克苏醒过来,靠理智的力量一步步远离自己的心上人时,生命的力量开始重现。月球上挂起了爱的标志,那是孤独的汉考克向他的爱人表达着遥远的祝福……

出得影院,已是下班时间,街上似乎突然间蹦出许多车和人,喧闹声不绝于耳。依旧沉浸于剧情的两人一路沉默,仿佛身边的一切与他们毫不相干。

为了能在一起多呆一会儿,他们特意选了与来时不同的路,可没成想,中间一段人行道在修路,只容得一个人过。青青走在前面,潇潇跟在后面。明明心里有着千思万绪,两人却找不出一句话来。

不觉间,青青闻到了潇潇的气息,发觉他已悄然走到自己的身畔,忙说:"不要和我并肩走,危险。"

潇潇笑问:"你是玛丽吗?我是汉考克吗?"

青青笑了,那笑容也说不清是庆幸还是遗憾,尴尬中带着羞涩。她低下了头,随手撩了撩垂落的几丝乱发。

夕阳里那一低头的温柔,让潇潇看得有点痴。他回过神来,拍了拍自己年轻结实的胸膛说:"放心,我有身手的。倒是你,让人担心,这么个小人独闯天下,就是遭了欺负恐怕也打不回来。"

青青又笑了,赖皮道:"像我这么可爱的女孩子,谁忍心欺负呀?"

潇潇看看女伴,摇头道:"现在尽管嘴硬,等真正吃苦的时候,等你想找个人依靠、找个人为你出头的时候,突然发现只有自己一个人,可不要哭鼻子呀。"

青青突然停住了脚步,情不自禁地说道:"潇潇,怎么你的话让我一想一想都感觉想哭呢?"潇潇无语,用怜惜的目光注视着青青,青青低下了头。

许久,青青低声道:"潇潇,我不想离开你。"

潇潇喃喃地回应:"我知道。我也不想离开青青。"

又是许久,青青抬脸,神思忧虑地问:"汉考克和玛丽注定了不能相守在一起吗?只有痛苦地分离着,才能完成他们的人生使命吗?"

面前这个纯净如水晶般的青青让潇潇疼惜,他希望生活能温柔地待她,让她一直圆满清润。这样想着,他微笑道:"他们当然可以在一起。只需要一点智慧嘛。他们可以在充满活力时相守,一旦神力开始消失,就马上分开,等各自找回力量,就重新聚在一起。怎么样,这种安排很美吧?"

青青感激地点了点头,盯着潇潇的眼睛说:"潇潇,和你同桌时,虽然咱俩也不怎么说话,可我一天到晚都是快乐的。如今要分开了,很怕往后的日子再也笑不出来了。就请你记住我此刻的笑容吧!"

女孩向前走了几步,回转身来,理了理自己的短发,就在车如流水马如龙的喧嚣中为心爱的男孩静静地绽放了一个灿烂的笑容。男孩站在原地,动情地望着,好想把这样的女孩搂进自己的臂弯。可是,他没有动。他在深情的对视中微笑着,一如向晚的阳光,落寞却温暖。

恍惚间,女孩突然感觉到了一种危险的气息,惊见男孩身后一辆疾驰而来的出租车。女孩儿来不及示警,冲上前去,一把抓住了男孩,把他拼命地拉向自己。柔弱娇小的身躯瞬间爆发的力气如此之大,让男孩一时间失去了重心,抱着女孩摔向了地面。倒地之前,男孩用手垫在了女孩的头下。

急急的刹车声、司机的抱怨声都似乎只是电影中的背景音响,尘土中两个年轻的身体交叠着,呼吸相闻。女孩感觉全身每一个细胞都被一种无法抑制的渴望充满，太过饱胀而无法动弹，仿佛轻轻一动，一切就都会在瞬间爆裂、坍塌。她不觉闭起了眼。

男孩在尘埃中女孩的脸上看到了玛丽的光芒，他想，这样的光芒是圣洁的，是不可被亵渎的，或许今后的岁月里，他只应远远地守护。他用一只手温柔地搀扶起女孩，把自己那只被沙土磨破渗血的手悄悄揣进了衣兜。

"你刚刚救了我呢。"男孩说。

"奥，那我还挺能干的，是吧？"女孩又露出赖皮的本性。

"嗯哪，"男孩点头，"我该怎样报答救命恩人呢？"

"你已经报答过了呀。"女孩的脸上起了绯红。

男孩用疑惑的眼光看了看身边的女孩。

"你不是已经抱过我了吗？青青很开心这个'第一次'是潇潇给的。"女孩的声音轻若自语，男孩听后什么也没说，只是靠得她更近了些。

这一天，青青十八岁。她和心爱的男孩一起看了夏天的那场电影。

夜晚，青青在自己的 QQ 上更新了个人签名——"青青是个宝，丢了不好找。"

窗外，一个年轻的身影在夜色里徘徊。那是一份想被认领的青春渴望。

圣女果 >

半壁山野尽斜阳的傍晚,轻车一骑从山间飞驰而下。车上橙色的身影落霞般飘然自得。

一路行来,驭风少年倜傥不羁,而同伴已成身后匆匆不觉的追赶,宛如俊雄青春微凉时分飞扬却寂寥的人生写照。

山色渐远,暮色愈浓。不经意间,晚风送来一阵清脆明亮的乐声,悠扬于乡间蜿蜒的小路。

所有的声响都悄然退却,唯有这自然之音在天地之间游走,高亢而不霸道,清越而不失婉转。那是一股原始的、纯粹的力量,完整、平衡,没有撕裂、没有挣扎,只是安然地流淌,自在地穿越。

一时间,头脑中纷杂的思绪都安静下来,俊雄竟浑然忘却了自己来自何处,去向何方,为何总是一路狂奔。

循声望去,不远处一中年汉子席地端坐,衔叶而啸,其声清震。身旁是一车红红绿绿的瓜果，身后是一条垂柳依依的小河，更远处是暮霭中依稀可辨的村庄。

俊雄停了脚下的单车，庄户人放下手中的柳叶，两人相视一笑。大叔随手拿过身旁的马扎，递给俊雄，淡然道："累了就歇会儿吧。"又递给他一瓢清水，说道："喝吧，小兄弟，山泉水，甜的，已经被太阳暖过了。"

甜而暖的水缓缓流过俊雄干裂已久的心田，让他立觉神清气爽。侧看身旁静坐的大叔，神态肃穆，浓眉弯卷，一双狭长的丹凤眼似闭非闭、似睁非睁；虽无一言，却有一份真实而毫无打扰的关注。

分明素昧平生，却又如见故人，俊雄细想之下，发现原来大叔的眼目像极了自己从尼泊尔带回的玛尼石上的佛眼。虔诚的刀笔在普通石块上刻经绘像施彩，平凡之石遂成吉祥的玛尼石。如此想来，应是生命刀笔的刻画才使乡野之人有了这般笃定与安然。

大叔注意到俊雄好奇的目光，转头冲他微微一笑，起身从一旁的木车上取下一捧新鲜的圣女果，挑出了一枚，放进水瓢轻轻地洗濯，随后又放入俊雄手中，对他说："好好看看她，这枚小柿子，她开花、结果，就是为了在今天被你吃下。"

听得此话，俊雄那颗从不轻易为任何事所动的心立时澎湃起来，一股无法抑制的罪恶感如暗潮般涌动。那一刻，他的感觉竟不是悲情，而是一种悲壮，仿佛自己便是执刀的刽子手。他在心底对那枚圣女果轻语道："既然命运对你我做了如此安排，就让我好好看看你吧。"

俊雄温软的掌心里，静如处子的圣女果着一身红似晚霞的袍服，宛若待嫁的新娘。那身鲜红的嫁衣定是世上最完美的手工成就的吧，在夕阳梦幻般的柔光里华彩四溢，竟无一丝瑕疵。

俊雄记得老人们说过，嫁衣是女孩子自小开始缝制到出嫁前才得完成的，一针一线都是少女怀春的情丝与蜜意。俊雄忍不住想问问他的圣女果："你少女的情怀中曾有过怎样的梦想？是否知道,有一天会相逢？"

念头一起,俊雄惊诧于自己竟有绵细如此的心思。回首过往点滴的生活,他何曾真正关心过别人的梦想,只怕是连自己的那份也未曾清晰过。

不知怎的,一份陌生的亲近感在俊雄的心中悄然升起,他忍不住把自己的脸靠近那枚小小的果实。不觉中,他被一种淡淡的气息吸引。起初,那只是一种幽幽的甜美,渐渐地,俊雄感受到田野中微湿的薄雾在消散前轻吟,水润的泥土在发酵后呢喃,哔剥作响的是新芽破土,畅然欢歌的是嫩蕾花开。

一枚小小的圣女果带来了大自然无尽的欢欣,让俊雄怦然心动。他用舌尖轻触圣女果的肌肤,竟是如此的清润与丰盈,带着一种他从不曾经意的细腻与温婉。

小心翼翼地,俊雄用双唇裹住那美好的红色,感觉那不盈一握的腰身正在他的热吻中发烫。带着款款怜爱,俊雄轻啄一口,立觉清冽如泉的甘甜浸润全身,心神为之一震。

那是一种妙不可言的生命滋养,俊雄全身的每一个细胞都因此而战栗、饱胀,仿佛一种新生正在孕育。不是贪婪的占有,不是霸气的征服,只有爱意缠绵、不分彼此的交融。

慢慢地,一种柔软开始萌生,由内而外地、无可抵挡地蔓延着。多年来一直馨着所有生命之力奔跑、从不甘居人后的俊雄突然间想要驻足,就在这夕阳璀璨的时刻安驻下来。

这样的时刻,所有肆意横生的思想都停止喧嚣,所有压抑日久的感官都自然启动。

于是,俊雄发觉,自己就是一枚小小的圣女果。他是广袤田野中的秧,是炎炎烈日下的绿,只在天地之间迎风伴雨层层涂染自己的红果。甚至,他都不曾追求过盛放,只在宁静中自由生长。他安然、如实地经历自己的生命,无需有人施肥,无需有人除草,也无需有人打药。

　　他喜欢泥土本身的味道,喜欢牛羊在身边欢跑,喜欢那粪便重归于土,而从不嫌弃这份真诚的养料。他知道万物各从其类、各有其时,连他自身的存在也是成全上天旨意的美好,独一无二、不可缺少。若所有的过往都是成长的养分,所有自然的发生都是最好的安排,那么,他又何惧虫蚁的噬咬? 不曾有过伤痛,又该如何体尝生命的鲜活?

　　这般交融让俊雄在最初的甘甜里开始辨认出酸涩与清苦,他明白那就是圣女果的体香,他接受这份真实和完整,而不再有别样的期待。

　　当快意涌至高潮,美丽的红衣女在献身之后即将随暮色而消亡。

　　沉醉的俊雄迟疑了,他的心中竟有隐痛和不舍。多少次,他因为惧怕最终的别离而拒绝开始;多少次,他为了独守痴恋的美丽而忍心放弃。他久久地凝视着手中那亲爱的一抹红,终究说不出最后的一声再见。

"小兄弟,你若不吃了这圣女果,又如何带它回家?"大叔温和的话语在俊雄耳边响起,让他心神一凛。

就在同一刻,俊雄听到了另一个细小的声音从心底清晰地响起:"我这一生的美丽与甘甜只为与你相逢。我是那果实中的生命,果实的消亡不是生命的终结,而生命将因你而新生。"

俊雄释然了,他含着微笑把那最后的一抹红欣然带入自己的生命。

夕阳为霞,暮云凝晖。路旁的大叔默默守望着温煦的黄昏,黄昏里上演了一段生死交融的相逢。从此,俊雄知道自己和周围的一切都有了某种联结。

暮色中,一阵欢笑声由远及近,是俊雄的伙伴们赶上来了。俊雄突然发现,每个人都如此亲切,每一个笑容都值得此生去好好地珍惜。

俊雄向大叔深鞠一躬,跟随着伙伴们一起回城了。

欢闹的人群逐渐远去,天地间又响起了明澈悦耳的柳笛声,悠长而清远……

蜂蝶恋 >

　　所有的爱情悲剧都是因缘的变迁和错失所造成的,它也没有一定的面目。在围墙的缝隙中,爱的心灵也可以茁壮长大,至于是不是结果,就要看在广大的桑树下有没有相会的因缘了。

——林清玄《清凉菩提》

■ 一、物是人非初相识

　　入夜了,慕峰少爷却难以入睡。
　　外面的风吹得紧,雪花耍般不停敲打着窗棂,似要破窗而入。桌上的烛火在一明一灭间说着夜的暗语。
　　蜷缩在床角的慕峰不敢睡。他怕睡着后又似昨夜一般会尿床。

　　慕峰少爷如今已是一十又二的小男子,每每遗尿涂鸦,没了尊严。可偏偏偶尔也有干爽的时候。于是,老爷便以为尿床这件事慕峰自己能做主,哪怕是睡着了。所以,每次尿床后的那顿杖打便严正而堂皇。老爷一边持杖,一边叹气:"不争气的东西,枉费了'慕峰'这么个硬朗的名号呀!"或许是老爷老了,下手就如那一声叹息,绵软无力,但每每痛得父子两人泪眼相望却又黯然无语。

　　有时,挨过打的慕峰会在睡前惊喜地发现一副干爽的床褥,就像今晚。他知道,那是兄长又趁着天黑偷偷地把自己的床褥换给了他。老爷说过,只要慕峰还执意尿床,就不许下人给他换床褥。

　　温老爷晚年得子,对慕峰少爷自是打心底里疼,但又怕娇宠幼子反而耽误于他,平日里便总是做出一副严父的样子。慕峰少爷可怜,他的娘亲在他还未满月时就离世了,同父异母的兄长虽疼他,但毕竟长他许多,慕峰的心事从来都不知道该讲给谁听。多少个夜晚,慕峰从噩梦中醒来,惊觉身下一片湿冷。左边湿了便睡右边,右边湿了便睡左边,都湿了,就用手摸摸,捡那略干些的一角躺下,勉度寒凉如水的残夜。

　　睡不着的时候,慕峰就会索性抱膝独坐,静听风吟。因为他一直都知道风会唱歌。

　　那是只有他自己才能听得见的声音,远远地传来,绵长而悠扬,温柔而沙哑。歌声里天辽地阔,草绿花香,阳光如细雨般倾洒,自有一番说不清的暖意让寒夜里的慕峰发痴。可不知为何,听见这样的歌声时,慕峰常会觉得自己小小的心中有一种隐隐的痛。

　　也有的时候,风会说话,会轻轻地、沙哑地叫着:"回来,回来!"每当这时,慕峰的心里总会有一种飞腾的渴望,仿佛自己突然间生出一双翅膀,生出一副天不怕地不怕的肝胆,拼着性命也要一飞冲天。他喜欢这种感觉的自己,仿佛顶天立地的男儿。

今夜，风又在说话了，分明在窗外，却如在耳畔。慕峰的心开始鼓胀，他又想起了白日里父亲的那声叹息。他从来没有告诉过父亲，他也不想尿床的，他也不想丢脸的，他也好想成为父亲的骄傲的。

事实上，他从不开口，他只用眼睛说话，只对自己一个人说话。

披衣、秉烛、出门，慕峰在一瞬间变了一个人，变成了一个大人。

才出得门来，只见漫天的雪花如飞蛾扑火般扑向慕峰手中的红烛，慕峰暗吃一惊，未及阻挡，却见荧荧烛火竟不灭反亮，心下觉得有趣，脸上便有了笑容，那笑容把院子照得比烛火更亮。凝神静听时，慕峰发现那声音竟是从院落最深处的阁楼而来，那里是温家的藏宝阁。

雪停了，风却未歇，乍然放晴的夜色里，明月下的小楼缭绕在一片清静的雾霭中。慕峰身不由己地踏上了阁楼的小木梯，浑然无惧。

阁楼的那扇门平日里是紧锁的，那晚却意外地虚掩着。慕峰推门而入，见几只花梨条案上摆着各式尚待修缮的珠宝，在烛火的映照下发出各色光彩。慕峰正惶惑间，轻唤声又再次响起。慕峰循声而至阁楼最深处的一角，驻足于高台上一片蓝绿色的光芒前。

那是一只精致无比的水晶盒，内有一方青绿藏蜂琥珀。琥珀通体发光，圆润剔透，一只黄衣黑腰蜂引颈而歌，楚楚动人，宛若再生。水滴状的琥珀一端穿有草绿的细绳，恰可佩戴于胸。当慕峰把琥珀握于手中时，他发现风声停了，所有的声响都寂静下来，唯有自己的心跳在暗夜中激荡。他听见心底传来一个沙哑的声音，轻轻告诉他："莫伤心，无论别人怎样待你，上天造了你，你便是这世上的唯一。"

忽然间，慕峰感觉自己得着一种释放，那琥珀吊坠便如明灯一盏，照亮了他的路。有了明灯引路，归程何其短，喜乐何其长。慕峰觉得整个世界都透亮了，仿佛春风一夜吹绿了脚下的青草，吹亮了天边的明月，连皑皑白雪也映出时而幽蓝时而浅绿的微光。

那一夜，慕峰第一次睡得如此香甜。那一晚，他做了一个梦。

■ 二、蜂飞蝶舞两相悦

很久很久以前，在天辽地阔的长海之滨，一只黄衣黑腰蜂和一只木兰青凤蝶相恋了。

蝶恋上蜂的时候，它还不是一只蝶，只是又黑又小的虫，在密密枝丫中的一片嫩叶上攀爬，寻一线阳光，觅半点雨露。他从不知自己的模样，也不想明天会如何，只无忧无虑地活着。他感觉自己很快乐。

有一天，一群蜜蜂从他栖身的枝头飞过，见到他在迎风而舞的枝叶上摇来摆去，便嬉笑起来："好丑的小虫，又黑又瘦，真是可怜！"

小虫停下奋勇蠕动的脚步，仰头看那些轻灵的身影盈然飞过，又听见欢快热烈的喧闹，忽然觉得自己很渺小，甚孤单，确该是个可怜之人，便第一次躲在树叶底下认认真真地伤心起来。

突然，一个沙哑的声音在小虫的头上响了起来："虫儿，莫伤心，无论别人怎样待你，上天造了你，你便是这世上的唯一。"虫儿急忙抬头看时，只见一个纤细的身影匆匆追赶前面的蜂群去了。

蜂群飞走了，虫儿的心也跟着飞走了，他恋上了声音哑哑的蜂儿。

虫儿在一天天长大，他的衣裳绿了起来，小小的身子也鼓胀起来。每天蜂群经过的时刻，便是虫儿的幸福时光，他总能在那一片嗡鸣中辨认出一个沙哑歌喉的欢唱。

虫儿一边醉心地听着，一边编织着自己的梦想：等他长大了，要离开那片树叶，去找寻歌唱的蜂儿姑娘，看一看她那美丽的容颜。

太阳温暖大地的时候,虫儿醒了,发现绿衣褪却,竟是一身干瘪的皮囊。绝望的虫儿不明白自己的生命中到底发生了什么。就在这时,蜂群来了。沙哑的歌声由远而近,亲切而美妙,宛若深情的呼唤。

透过皮囊的间隙,虫儿在朦胧中看到一双温柔的眼静静地看着他。虫儿本能地知道,那就是他心爱的姑娘。

一时间,虫儿在那眼神里忘却了整个世界。他忘却了自己的丑陋与卑微,忘却了族类的不同;他只知道,在这样纯净的目光中,自己被真正地看到了,他是独一无二的存在,美好地活着。

当蜂儿转身离去时,虫儿义无反顾地追了上去。

只是,虫儿忘记了自己不会飞翔。他一头栽向大地,直扑向死亡的怀抱。

那一坠很漫长,风在耳边轻轻地拂过,花香和草香都馥郁而甜美。虫儿的心很宁静。他活过,守候过,希望过,幸福过,他很满足。

突然间,虫儿的耳边响起一声沙哑而急切的呼唤:"虫儿,回来!"虫儿的心头一热,他愿为这声呼唤做生命中的最后一搏。

于是,在蜂儿的一声惊叫中,虫儿破茧而出,撑起了绚烂的翅膀。

辽阔的天地间,蜂与蝶翻飞着、追逐着,相认、相恋了。

那时候,时间的计量不是岁月而是刹那,所以他们的生命便能从容而悠长,他们的爱情便能缠绵而细腻。每当蜜蜂在花间忙碌,扬起那透明的薄翼、露出明晃晃的黄衣下纤细的腰身,蝴蝶便不远不近地拣一花枝落脚,收起自己美丽的翅膀,静静地望着自己的爱人。

那时候的爱不需要语言,不需要证明,只是默默地陪伴与相守。

蝴蝶与蜜蜂不曾约定过终身,不曾立下过死生的誓言,他们只是自然地生活在一起,相偎相依。虽也有过食不果腹的窘迫,但是蜂儿会把自己身上最后的一滴蜜喂给蝴蝶;虽也有过电闪雷鸣时的惊惶,但是蝴蝶会撑起自己的翅膀为蜂儿

  遮风避雨。蜂鸣蝶舞两相悦,这是简单的生活,也是美好的理想。他们心甘情愿地臣服于天地之神,在坚忍中幸福着,在赞美中快乐着。
  后来,蝴蝶见到了他生命中最美的清晨:清凉的雨幕骤然间收起,一道彩虹贯穿天地,天空是一望无际的嫩蓝,朝阳是柔情似水的淡粉,松林下的毛茛花开出了金黄耀眼的一片,远处大海的潮汐低吟着起起落落的情歌。而最动听的声音莫过于花丛间爱人欢快的轻唱,蝴蝶从万千蜂鸣中一下子辨出,那最是让他沉醉不已的天籁。
  循声而渐近花丛,只见爱人的纤指摇落了花瓣上细碎的水珠,珠坠草尖的一瞬间,折射出五彩的光芒,映得爱人的衣裙愈发光灿莹亮。
  蝴蝶正看得入神,猛然间视线被一只蓝喉蜂虎挡住。那蜂虎生得俊俏,赤褐的头顶及上背、玄黑的过眼线、蓝绿的双翼、浅碧的下身，一抹湛蓝封喉，多么优美的生灵，却偏偏是蜂与蝶的天敌。蝴蝶刚想警示爱人，就见蜂虎一个猛子扑向了毫无觉察的蜂儿。情急之下，蝴蝶纵身而上，硬生生把自己送入了天敌的口中……

痛楚和挣扎漫过全身时，蝶儿知道，这身美丽的皮囊已被撕扯得粉碎，再也回不到蜂儿的身边了。

奄奄一息的蝶儿在心里对自己的爱人说："对不起，亲爱的，就这样离开你了。请你不要恨蜂虎，因为我也在他的体内，在他的血肉中。请你就这样继续快乐地活着吧，因为我的魂灵定会回来寻你，护你。无论是吹过林间的清风还是你纤指下揉碎的露珠，请相信，那都是我，请真正地看到我，看到我永远不变的爱。"

蝶儿飞远了。他对于这样的结局报以安然的微笑。他相信死亡不是终结，只是另一种生命形式的开始。当初若不曾有小虫的消亡,又怎会有蝴蝶的新生?他爱过,美丽过,坚守过,珍惜过,他很满足。

曾经,木兰青凤蝶的翅膀是黄衣黑腰蜂的最爱。那黑玉之底上齐整缀满的大小不一的花斑,轻振之下,发出时而幽蓝时而浅绿的荧光,看得蜂儿心神荡漾。而此刻,偶一抬头间,突见蜂虎的嘴边破如败絮的蝴蝶断翅时,蜂儿的心无来由地紧缩起来。

蜂虎叼着蝴蝶的残骸,在草间盘旋了片刻,似有一种不舍紧紧地拉扯着他的翅膀。当蜂虎最终飞远时,惊魂初定的蜂儿只觉得那一堆蓝绿色在明媚如斯的清晨里有一种温暖的伤痛。

那一天,天光很长,长得很孤寂。似是等了漫长的一世,在月上枝头的一刻,蜂儿突然明白了一切。她知道,她的爱人就是天边的那一抹蓝绿,已经为她而逝,永远都不会再来到她的身边了。

蜂儿什么也不想,她只想为那不及告别的爱人唱一首安魂曲。那曾经让蝴蝶倾心不已的沙哑歌声,在朗朗天地间悠长地响起。蜂儿的歌里有花香和草绿,有绵绵不尽的思念和情意。

蜂儿唱着唱着,松林间吹过了一缕清风,松枝摇动,便有一滴浊泪从树身滑落,滴在了蜂儿的身上,封存了那哀而不伤的歌声。

千万年的沧海桑田后,便有了一方藏蜂的青绿琥珀传世,继续着天地间爱情的吟唱。

■ 三、此情可待成追忆

第二天清早,温家老爷推门一看,见小慕峰正于院中仰首望空,一袭蓝袍映日生辉。虽是清瘦儿郎,英英玉立,逸气寂寥,惹人爱怜。

听得声响，慕峰转身，端正行礼，轻轻唤了声"爹"。温老爷身子一颤，这一声"爹"他已等了太久。

他一把甩开那每每令慕峰心寒的手杖，行至慕峰跟前，轻抚其肩，叫了声："我的儿！"

慕峰拉起爹的手，来到自己房中，让爹去摸那铺叠齐整的床褥，竟是干爽至极。温老爷心情大好，夸赞道："慕峰，你终于长大了，为父的心里欢喜得紧呐。"慕峰听后点头，笑意吟吟。温老爷看了，既怜且喜，感叹道："今日何日，家门有此幸事，该当庆贺。慕峰，你可有什么心愿吗？"慕峰闻言，用手指了指温家藏宝阁的方向，又扯出脖颈间的琥珀吊坠。温老爷一见瞬时变了脸色，喃喃道："蝶依，莫非你见我父子俩可怜，你的魂魄终于回家了？"

后山的溪水边，温家老爷向慕峰讲述了他娘亲的故事。

慕峰的娘出身医家，仙姿玉容，体有异香，可引蝶而来，得名蝶依。慕峰的姥爷因家无男丁，便将技艺悉数传于独女。父亲辞世后，蝶依便前来投靠远亲，不想亲戚一家早已不知搬至何处，而所携盘缠将尽，又身无居所，一时没了主张，遂在后山的溪边徘徊，打算日后生计。

温老爷名逸凡，年轻之时喜孤身登高，每于山顶极目，顿觉迥临飞鸟上，高出世尘间，心境大开。

那一日，下得山来，行至溪边，远望一黄衣少女临风而立。倏见灿灿金光破云而过，便有群蝶翩跹而至，在少女身畔萦萦绕绕，宛然成画。逸凡屏息而立，不敢稍动，唯恐些许声响便惊扰了画中人。只片刻，云遮日避，蝶影全无，恍如一梦，却见那女子轻移莲步，向水中探身。逸凡大惊，急欲喝止，却心下一痛，不复知觉。

悠悠醒转时，逸凡看到了静守身畔的黄衣女子。女子吹气如兰，柔声相询："公子心间可还痛？"逸凡摇头，"只胸口略觉烦闷，无碍。"女子温言款语道："小女子名蝶依，初到此地，寻亲不遇。适才瞥见水中奇花，方欲采撷，听得声响，见公子昏倒于地,便以家传香丸施救。"逸凡抱拳道:"在下温逸凡,多谢赐药之恩!不知姑娘如今有何打算?"蝶依道:"尚无打算,想来总是天无绝人之路。方才为公子诊脉,脉象散乱,似有心悸之症,应是患病日久,时作时止。"逸凡点头:"确是久医而不治,原也不以为意,不知怎的,今日竟至于斯。听姑娘言语,或有良方可医?"蝶依闻言,略一沉吟,落落大方道:"蝶依虽学艺不精,或可一试,但须假以时日。"逸凡眉目间便有了喜色,试探道:"既如此,不知可否烦劳姑娘暂居府上,既可诊病施药,亦可徐图后计?"蝶依脸色微红,稍显迟疑,随即点头应下。

逸凡家中尚有妻儿,妻顺子孝。夫人贤德淑良,感念蝶依为夫君医治顽疾,待其甚宽厚。三月之后,逸凡身子大好,蝶依便欲辞别。逸凡问其打算,蝶依道:"意欲回乡,承家父遗志,行医救人。"

逸凡不语,沉思片刻,诚恳道:"既是行医救人,原无地界之分。我温家多年行商,略有家资,愿设医馆,造福乡里。姑娘医术精湛,若肯留下主持大局,实乃此间百姓之幸。"蝶依不愿辜负逸凡美意,应承了下来。

数月后温家医馆落成,蝶依便移居医馆。逸凡每出门行商回来,必前往探望,忙时逸凡搭手相帮,闲时蝶依煮茶烹茗。两人情意相投,以礼相守。

蝶依坐堂诊病,也收徒授艺,如是光阴数载。以蝶依的品貌性情,身边自是不乏倾慕追随之人。蝶依处之淡然,不为心动。

一日,逸凡又向蝶依说起一世家公子,言语之间似有撮合之意。蝶依闷坐,低头不语。

几日后,逸凡又来医馆探望,蝶依为其斟上一盏清茶,郑重道:"蝶依倾心医术,久有游学之愿。如今温家医馆后继有人,蝶依请辞。"逸凡听后,心下大乱,苦苦挽留,蝶依不从。逸凡怅然若失,起身离去,但又不走,只在医馆门前徘徊。蝶依见逸凡愁苦,便软了心肠,答应以三年为期,定会回来探望。

蝶依归来之时,温家已生变故。

原来，蝶依走后不久，温家少爷得了风寒。温夫人心忧，每日里衣不解带地照料，结果少爷病愈，夫人却染病而逝。温老爷痛失爱妻，心疼不已，旧疾复发，虽经医治却病势渐沉。

一日，逸凡从昏睡中醒来，模糊见到病榻边蝶依默默相陪的身影。逸凡不喜反悲，落下一行泪来。

逸凡闭起了双眼，似是不愿梦醒。许久，逸凡叹息道："蝶依，你果真狠心。若不是我命不久矣，你只怕都不肯来梦中与我话别吧。"蝶依听了，心下一酸，握住了逸凡的手，轻声道："你不是在梦中，蝶依回来看你了。原谅蝶依来得迟了，实是因为南方战火阻隔，耽误了行程。"逸凡闻言，睁开了眼，难以置信地看了看蝶依风尘仆仆的样子，反手握住了蝶依的手道："蝶依，你还活着，当真是你回来了？"蝶依微笑点头。逸凡痴痴地看着蝶依，半晌不语，似是依旧不能相信。

蝶依扶逸凡坐起，让他服下一颗香丸。逸凡歇息片刻，恢复了气力，便开口道："蝶依，你当日一去就音信全无，我派人四处打探却无功而返。你若在，或许夫人当初还能救下一条命来。这几年天灾不断，又时有战事，我挂心于你，无一宁日。眼见三年之期已过，也不知你是嫁作人妇从此不回了，还是遇了什么凶险已不在人世了，只觉日日煎熬，了无生趣。想着自己或许哪天一眠不醒，此生再也不能见你一面，心中悲苦。每于病榻之上思量，不知是该拖着这无用之身苟延残喘苦候你归来，还是就此撒手与你早一日地下相见。如今既得见你面，我便是立时走了也无憾了。"蝶依闻言，百感交集，默然而泣。

月余，逸凡病愈。一年后，逸凡娶蝶依为妻，蝶依姑娘唯一的嫁妆便是家传之宝——一枚青绿琥珀吊坠。又一年，蝶依生得一子，逸凡欢喜满怀，以为此生再无伤心之事，却哪知离别已近。

慕峰少爷尚未满月之时，一夜突发高热，啼哭不止，以致惊厥。他娘爱子心切，不顾家人阻拦，偷偷半夜出门为儿子上山采药，结果再没有回来。家丁在山间的树枝上发现了那枚琥珀吊坠,带回家中。

逸凡见到吊坠,如遭雷击,一时心急,竟昏死过去,府里人为他服下蝶依夫人专门配制的香丸,才捡回他的一条命来。逸凡醒来,见慕峰手握吊坠,已经退了热,只是依旧啼哭不止。逸凡落泪,拖着病弱身躯亲自上山,苦寻数日,终究没有发现蝶依身影。小少爷在家中哭得力竭,府里人怕他出事,忙跑去把这事说与逸凡。

逸凡回到家中,抱起慕峰,见慕峰紧握吊坠的小手攥得太紧,以至发白,遂掰开孩子的小手,把吊坠拿在了自己的手中,慕峰竟立时止住了哭声。逸凡每日睹物思人,心下伤痛,难以自拔。府里人劝他应以小少爷为重,振作精神。逸凡无奈之下,将吊坠藏于一水晶盒内,置于温家藏宝阁中。

自从拿走了吊坠,小少爷就再未哭过,只是他也从未开口说过话。因为蝶依夫人的离去与小少爷有关,所以阖府上下从来不提蝶依夫人之事。

没有人知道,无数个黑夜里,当慕峰孤独地卧听风吟,逸凡也在往事的追忆中辗转难眠。

■ 四、呼蜂唤蝶长相依

天色渐晚,父子俩依旧并肩坐于溪边。

逸凡面对溪水,喃喃道:"慕峰啊,自打你娘亲离开,为父没有一天不想她。这些年为父只要见到你,总会想起你的娘亲,想起她一句话也没留下,就那么不见了,心里痛得紧,总是不知不觉地就避着你,害得你跟那无爹无娘的孩儿无甚两样,为父愧对你呀。"

慕峰听了他爹掏心掏肺的一番话,想起自小经历的暗夜里的惶恐与无助,放任自己把小小的头颅靠在了爹宽厚的肩头。这样的一刻,原是慕峰幻想过无数次却又不敢奢望的。逸凡伸出臂膀,将儿子搂住。当儿子的温热将父亲的胸间捂暖,

逸凡长久以来郁结的心开始松软,紧闭的眼开始睁开,他仿佛第一次看到自己的儿子,感受到他的存在。他们原是世上最近的血脉至亲,却又曾如此疏离陌生。这是蝶依牺牲了性命为他留下的至宝,他却不曾看顾,不曾珍惜。悔愧难当的逸凡把自己的骨肉搂得更紧些。

是夜,慕峰少爷难以入眠。他感觉自己好像突然之间就成了一个既有爹又有娘的孩子,既稀奇又欢喜。他时起时卧,直至天色透亮,才倦顿不支昏昏睡去。

睡梦中,慕峰恍惚被一阵轻柔的吟唱唤醒。那是一种天籁之音,沙哑而空灵。慕峰在歌声里听见了雨润风清,草长花开。他张开眼,发现自己不知何时已回到了后山的溪水旁。透过溪边的薄雾,他看见晨曦中一个窈窕少女淡黄的背影,一只木兰青风蝶环绕在她身旁。

少女听见脚步声,回转头来。慕峰只觉那眸光似水,如浸月清泉潺潺而过,柔曼无邪,竟恍然失神。少女见到慕峰萦萦痴立的样子,便轻轻唤了声"慕峰"。这轻若耳语的呼唤却如烈烈朔风翻卷起慕峰摇动的心旌,一时间无数纷杂的画面在慕峰的脑海中回闪,看不清是谁的心在下坠,是谁的眼泪在飞。

半响,慕峰回过神来,看着眼前似曾相识的容颜,颤声道:"敢问姑娘芳名?何以识得在下?"

少女起身,整衣敛容,回曰:"小女子名唤蝶,是你旧日相识。"慕峰一时茫然。少女见了,微微一笑:"青青子衿,悠悠我心。今夕何夕,君已陌路。有缘相识,无缘相守。既已相逢,何必相识?慕峰,你可还叫得出这花花草草的名字?它们也曾是你旧时好友!还记得你是最喜嬉戏之人,你且来追我,看你今日可还追不追得上?"少女说完,便跃入那繁花青草之间,衣袂翩跹,腰间一条黑褐色的缎带迎风飞舞。

慕峰愣了片刻,慌忙追赶,只觉身轻如飞,似生双翼,仿佛追风逐月、任意翱翔才是他原本的生活,一时间,心绪飞扬。堪堪抓住少女衣带之时,慕峰突然惊醒,不舍美梦如斯。

日上三竿时，逸凡来看儿子，见他正大睁着眼在床上发愣。逸凡告诉儿子，昨晚他睡了十二年来最酣畅的一觉。慕峰听了，很想告诉爹，自己也做了十二年来最甜美的一梦。但他终究什么也没说出来，只点头微笑。

午后，逸凡又带着慕峰去了溪边，那是他和慕峰娘亲邂逅之所，亦是他平日里独处之地。其实，这些年来他的心里一直暗暗地巴望着，或许哪天老天爷可怜见的，会让他再在此处遇见他的蝶依。

溪水边，父子俩并肩而坐。逸凡将家族历史娓娓道来，细述温家的祖先是怎样的人，做过怎样的事，对后世子孙的祖训和期待。慕峰听得仔细。他突然觉得，自己开始跟一股力量连结起来，那力量来自久远的年代，带着无数的爱和祝福在他的身上流动，又将穿过他向更加广阔的时间和空间延展。这一刻，慕峰感觉自己不再是无助的孩子，而是一个有力量的男人。

当晚，慕峰早早上了床。一直惧怕黑夜、不敢入眠的慕峰与他的小床和解了。小床上，他叫了一声"唤蝶"。从此，每夜那一声呼唤都会带给他从不落空的盼望。

逸凡近日活得很喜乐，他的儿子再不尿床了，也渐渐开口说话了。两人漫步溪边时，慕峰常会指着一些花草，叫出名字来，仿佛在叫着自己的朋友。逸凡惊讶，追问慕峰何以得知，他只微笑不语。当此时，逸凡便会举目向天道："蝶依，定是你的魂灵在庇佑咱们的小慕峰吧，你终究放心不下我们父子吧？可你为何从不出现在我梦中？"

一日清早，逸凡把慕峰叫于自己房中，神采奕奕道："昨晚，为父终于梦到你娘亲了，她还是那么年轻、那么温婉。她说，她所在之地为父尚不可去，但有一日她会亲自过来接为父的。"逸凡说完，从怀中拿出一本《神农本草经》，那是慕峰的娘亲留下的遗物。逸凡把书交到慕峰的手里。"你娘亲说，你若愿意，可以学医，有了一技之长，既可自助，又可助人。"逸凡说完，用探寻的目光看向儿子。慕峰把手中的医书贴于胸前,郑重点头。

于是,逸凡为慕峰请来教书先生教他读书识字,又重开温家医馆,请名医坐堂诊病,并教授慕峰医理。

时光荏苒,慕峰已至弱冠之年,俊朗挺拔,清润如玉,偶露笑容,暖如旭日,可融坚冰,引得无数少女倾心恋慕。慕峰却浑然不觉,只以一片赤子之心待人。

其实,慕峰早已心有所属,那便是梦中的唤蝶。慕峰一天天长大,已是男子的身躯和心思,可唤蝶的容颜始终未变,待他一如初见之日。

一晚,逸凡叫了慕峰到他的房里。逸凡斟了一盏茶,递与慕峰,慕峰静静地喝了。逸凡在烛光中端详着儿子的脸,缓缓道,"慕峰啊,为父昨晚又梦见你的娘亲了,她说很快会来接为父,为父很开心。"慕峰听了,心里便有一种莫名的不安。逸凡接着说道:"这辈子为父能听见你叫声爹,看见你治病救人,为父知足。你兄长早已成家生子,温家香火有续。为父最放心不下的就是你。你生性柔和,却不喜交友,愿你此生能觅得佳偶相伴,不至孤苦,得享天伦。"

那晚,逸凡独自一人沐浴更衣后就上了床。第二天一早慕峰推门探望时,逸凡已然仙去,身体依旧柔软,面带微笑。

丧父之痛让慕峰第一次饱尝死别之苦,幸有唤蝶夜夜相伴才不至消沉,反倒把全副心思用于病患身上,医人无数,医术也更加精进。

一夜,春水微漾,花香袭人,慕峰与唤蝶月下泛舟。清风吹过,唤蝶的一头青丝随风而舞,舞乱了慕峰青春年少的心怀。慕峰见那似幻似真的面庞皎如明月,半启半合的樱唇润如晨露,忍不住俯身向前。

淡淡地,唤蝶侧过脸去,目光望向月夜的深处。

自觉失态的慕峰低下了头,耳边传来唤蝶幽幽轻语:"慕峰,你我此生只有梦中之缘,莫复强求。"

慕峰抬头,朗声道:"此生有卿,即便只是梦中相见,夫复何求?"

唤蝶一声叹息："若因此误了你今世姻缘，唤蝶宁愿再不相见。"

慕峰闻言，急急道："唤蝶，慕峰不过一时情迷，你何出此言？我守礼自持便是，你却不可离我而去，须知你若不在了，我在这世上是一日也不愿多待的。"

看着神情决绝的慕峰，唤蝶忍不住又是一声叹息，"原是念你此生孤独，才相伴左右。但相遇有时，离别有时，你总要学会自己度日，总要有一个自己的家。"

慕峰回道："唤蝶便是慕峰的家，唤蝶在慕峰就在，唤蝶在家就在。"见慕峰执拗，唤蝶不再开口。

转眼春去秋来，转眼冬意正浓。月色清明，慕峰与唤蝶后山赏梅。唤蝶依梅而立，一时间疏影横斜迎风而歌，暗香和月随风而至，愈发显得梅下之人神清骨冷、了无尘俗。一旁的慕峰看了，痴立不动，半晌，轻轻走上前去，把唤蝶拥入怀中。分明看到了唤蝶眼中的深情，慕峰怀中却空无一物。梦醒了。

接连数夜，慕峰的梦中再也不见唤蝶。慕峰失魂落魄，整夜寻觅，痛苦不堪。

一夜初雪，慕峰上山，月下独饮。天寒地冻，却冷不过慕峰的心。回想点滴往事，慕峰愈觉心中悲苦，颤声道："唤蝶，慕峰知你就在此处。慕峰求你，就出来看看慕峰吧。"

空山寂寥，渺无人踪，一阵风过，宛如叹息。

慕峰苦等无望，凄然道："唤蝶，慕峰知你非绝情之人，既是决意相弃，必有难言苦衷。慕峰又何忍相逼于你？这情毒苦酒就让慕峰一人独饮吧！"

酒尽月散，慕峰终于痛哭失声，哭到无力，便在彻骨寒夜中睡去，身躯渐冷，气息微茫。朦胧中，一双温柔手轻抚慕峰面庞，慕峰叫了声"唤蝶"，一把抓住那手，不再放开。

自从温老爷过世，慕峰的兄长就接管了温家的珠宝生意，因常年跟随父亲身畔，于生意之上倒也并不生疏，兼之待人接物大方得宜，买卖也算兴隆。他知先父心之所念乃是幼弟，自是对他多一份关照。近日忽见一向滴酒不沾的慕峰以酒为

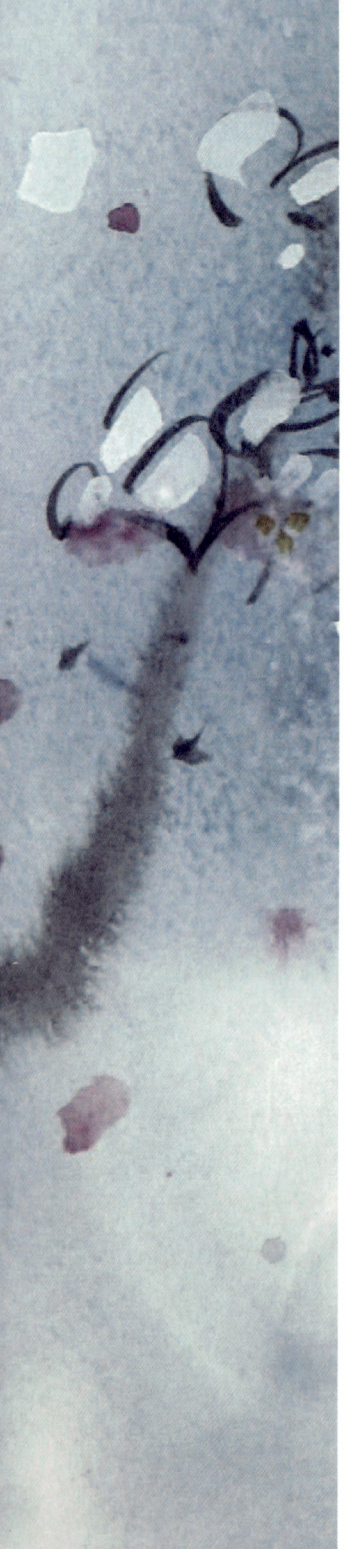

伴,心下不安,便想着应与幼弟长谈一番。

一晚,兄长来至慕峰屋前。屋内烛火已熄,却隐约传出女子声音。兄长心下生疑,叩门道:"慕峰,你可在房中?"屋内半晌无声。兄长只道自己听错,转身欲走,慕峰却已披衣开门。

兄长尴尬道:"为兄见今夜月色甚好,意欲相邀月下小酌,不想你已安寝,多有打扰了。"兄长说话之时已将屋内看过,并无女子身影,心中疑惑更深。联想慕峰平日不近女色,近日又无由烦闷颓丧的光景,担心幼弟是遇见了不净之物。

此后数晚,兄长皆于慕峰的门前偷听,屋内总有人在窃窃私语。兄长终是放心不下,便趁慕峰出外采药之时,悄悄请来了道士于慕峰房中作法。

晚上,慕峰回房,感觉屋内似有变化,却又看不出有何异处,便不再理会。

深夜,唤蝶复入梦中。慕峰惊见唤蝶容颜大变,已是长发如雪。

唤蝶倒在慕峰的怀中,语声微弱,"慕峰,唤蝶与你原是千年前的恋人,你本为蝶,我本为蜂,你因为我而死,得此人身。我在那青绿琥珀中清修千年,期盼修得人身与你再续前缘。你那日既见了琥珀,我便知你我的缘分或也不能再等,又见你自幼凄苦,心下不忍,便以尚未修成之身换来与你这一世的梦中之缘。原想等你成家之后便离你而去,继续清修。但那日雪夜,你我缠绵,我便从此陷入情劫,修为大损。如今又被道士作法重伤,修为尽失,今夜便是你我缘尽之时。"

慕峰一听,只觉天旋地转,悲怆不已。

唤蝶看着惶然无助、欲哭无泪的慕峰,心甚疼惜,宽慰道:"慕峰,你且莫急。为今之计,你趁着月色抱了我去那山上,我在山中清修,假以时日,或可渐渐恢复。"

慕峰闻言,二话不说,抱起唤蝶,向那山顶狂奔。

到得山上,唤蝶倚在梅花树下,轻抚慕峰满是泪水的脸,喃喃道:"慕峰,今夜一别,不知再见之期。唤蝶就与你定下来世之约,必不负你。唤蝶也要你与唤蝶立约,无论如何,总要活下去,万不可自寻短见。还望你另结良缘,此生有伴。唤蝶不忍你漫漫岁月,孤苦无依。"说到这里,唤蝶的气息更加微弱,眼里满是哀求。

慕峰泪落如雨,哽咽道:"唤蝶,慕峰知道你舍不得丢下慕峰一个人的。我知道你累了,你没有气力了,带不走慕峰了。不过不要紧,你闭上眼,慕峰马上就会变得像风一样轻,你就把慕峰一起带走吧!"

说完,慕峰用手轻轻合上唤蝶的眼睛,在上面印上绵长不舍的一吻,轻声道:"唤蝶,等我。"旋即转身,纵身跳下了山崖。

那一坠很漫长,风儿在耳边轻轻地拂过,梅花的香气清幽而甘美。慕峰的心很宁静。他活过,梦过,守候过,幸福过,他很满足。

突然间,慕峰的耳边响起一声沙哑而急切的呼唤:"慕峰,回来!"

慕峰的心一颤,心头半是清明半是恍惚。

那声音远远传来,却又近在耳畔:"慕峰,得这一次人身已是千难万难,你若因我枉死,恐再无相见之期。你若念着唤蝶,便把所医之人皆当作唤蝶再生吧。唤蝶泣血相告,慕峰勿忘!"

慕峰抬眼望向山顶,见悬崖边唤蝶的身影随着最后一声话语,渐渐化作一缕轻烟,消失在苍茫的夜色中。

"唤蝶,回来!"慕峰痛彻心扉的嘶喊在山谷间回荡,可山顶再无一人。

慕峰惊醒时,发现自己正躺在平日里的木床上,枕上一片湿痕。原来一切不过是场梦。

一连数日,慕峰早早地熄灭了烛火,上床就寝,可是夜夜无梦。再后来,他夜夜失眠,再也见不到唤蝶的身影。

一晚,又是大雪纷飞,慕峰孤身来到后山下的溪水边,对月独酌。萧萧夜雪,寒花满枝。慕峰举目向天,暗自神伤:"北风其凉,雨雪其雱。惠而好我,携手同行。唤蝶,誓言犹在,卿自独去,留我空待雪中。如今慕峰再苦,已无人可诉。"

慕峰丢开酒囊,合身躺于雪中。落雪如衾轻柔地覆盖慕峰的身躯。慕峰用冻得僵硬的手指掏出颈项间的琥珀吊坠,睹物思人。雪夜月光最是耀眼,月色中,慕峰惊见琥珀光彩尽失,内中已空无一物。

雪地里,响起一个温柔得令人心痛的声音:"唤蝶,我知你已不在这世上了,你那夜的一番言语不过是在骗我,好让我能活下去。我知你不忍我自行了断,我又怎忍伤你的心。可我如何活,应该是我自己的事情了吧,你便让我自己做主吧。"

清早,慕峰去了医馆,晚上也不回家,就在医馆留宿,嘱咐家人不用准备他的饭食。一连多日,慕峰诊病备药,抄录药方。没人注意到他整日只是忙碌,却不饮不食。

数日后的一晚,虚弱的慕峰回到了小屋。他点燃烛火,勉力沐浴更衣。那晚月色很美,慕峰独坐窗前看了一会儿,向着夜空静静道:"唤蝶,这是慕峰最后一次唤你了。你该当知道慕峰的软弱吧,如何忍心让慕峰独自捱过漫漫此生?此刻慕峰的性命就如压伤的芦苇、将残的灯火,只怕是无人来折、无人吹灭也已到了尽头。等会儿我睡着了,就不再醒了。要么你可怜慕峰,来接了我去;要么我们就此别过。从此这世上,再没有唤蝶,也再没有慕峰。"

慕峰和衣躺下,最后一次掏出颈项间的琥珀吊坠。虽仙魂已远,余香尚存。盈盈一握间,青芒耀眼,一如初见当晚。慕峰心头一颤,欣喜难耐,秉烛细观,却见通灵琥珀上红字如血——"有信有望",倏忽而逝。

那一夜,慕峰流尽了所有的眼泪,此后再也无泪。

数十光阴,慕峰潜心岐黄之术,日益精进,医人无数,又著书一部,流传后世。晚年,归隐山林,不知所终。

慕峰终身未娶。族人立一衣冠冢以寄哀思。天光明媚之日,常见一蜂一蝶环绕飞舞,蜂鸣沙哑,蝶姿绮丽,世人奇之。

榔榔锤大舅

■ 一、官家大道

"据村里的老人们说,咱们村的名字可是有来由的。古代时候,一个县官来到村里征收赋税,既要粮又要差。那保正为了百姓生计,就说了:'我们的村子巴掌大的地方,如何出得起这许多粮食和人力,还是恳请官家念在百姓疾苦,免了我们的赋税吧。'那县官也是个有良心的人,便给我们的村子起名掌大村,由此免了村里的赋税。"

榔榔锤大舅一边挺直了左手的巴掌比划着,一边向他的远房外甥"小狮子"讲述这段历史典故的时候,"小狮子"的眼睛睁得大大的,眼目里满是崇拜。大舅是村子里少有的读过几天书、识得几个字的人,满嘴里都是说不完的故事,又有着各式的腔腔调调,叫人总也听不够。

"后来呢,这掌大村长大了,就分成了两个村子。"说到这里,大舅晃了晃他的左手掌,"一个呢,叫作前掌大村,另一个呢,当然就是咱们的村子——滕州市官桥镇后掌大村。"大舅一边庄重地说着,一边骄傲地抬高了自己的右臂,正待比划,突然瞥见自己那空荡荡的袖口,他尴尬地一笑,又把手背在了身后。外甥见了,便没心没肺地大笑了起来,故意追问道:"大舅,咱村的掌怎么不见了?"大舅也不恼他,只跟着嘿嘿地干笑了两声。

那时的"小狮子"是个六七岁的光景,生得清秀,一双会说话的大眼睛总爱盯着人看,睫毛长得像夏天的蒲扇,说话时就一扇一扇地扑打着,笑起来还有一对可爱的小酒窝,硬是比小姑娘还要俊俏些。他爹娘年近四十才得了这个独子,拿他甚是宝贝。按当地老人的说法,像他这样的老么,男孩当女孩养才好养活,他娘便给他扎起了小辫子。可他偏又是个上房揭瓦、下河捞鱼的调皮孩子,头顶上的两个羊角辫常打了结,乱作一团。于是,便得了个"小狮子"的绰号。

"小狮子"的爹是村中唯一的大学生,在村人的眼里是有本事的人,常年在外做着工地上的事情。"小狮子"没人管,心气又高,便常去找大他四十来岁的大舅玩,因为在他眼中,大舅也是和他爹一样有学问的男人。"小狮子"他爹在家时曾经告诉他,滕州古为"三国五邑之地,文化昌明之邦",既是墨子故里,又是滕文公勤勉问政、孟尝君礼贤下士的地方。这样的话在小小年纪的"小狮子"听来确实艰涩难懂,他更喜欢听大舅跟他讲那些"毛遂自荐"、"奚仲造车"、"鲁班巧手夺天工"的故事,尤其喜欢看大舅每每做总结时的样子,一边举起左手指天画地、一边掷地有声地说出"所谓人杰地灵、忠孝仁义,指的就是咱滕州!"

"榔榔锤大舅"的绰号是"小狮子"起的,是他对大舅的昵称,因为大舅的右手没有手掌,胳膊到手腕处就没有了,看上去就像一把小榔头。大舅对这样的称呼从不介意,总是带着满脸憨笑痛快地应着。"小狮子"从小就听大人们说,大舅的手掌是被手榴弹炸断的,所以便想着大舅肯定是个战斗英雄,心底里暗暗地敬重着,这也是他总爱黏着大舅的原因之一。

捧腹大笑过后,"小狮子"突然发现身边的大舅眼望着村东的方向陷入了沉思。大舅生得挺拔周正,浓眉大眼,鼻梁高挺,很是英俊。若不是此刻阳光下右脸颊上那道疤痕有些刺眼,"小狮子"认为大舅该当算得上是一个美男子。见惯了大舅平日里欢乐的样子,现下突然见他不做声了,反倒叫"小狮子"有些个不安。他搔搔头,试探道:"大舅,您没生气吧?"大舅回过神来,用左手那宽厚的手掌摸了摸"小狮子"头上那一捧乱糟糟的毛,嘿嘿一笑。"小狮子"见大舅并未生气,便得寸进尺道:"大舅,我一直想知道,您的手掌是咋没的?"

大舅愣了愣神,神秘道:"这个故事讲起来可就话长了,你当真想听?""想啊,想啊!""小狮子"拍着巴掌兴奋地叫起来。"那好,大舅就先带你去一个地方。"

村口往东两百多米的大路上,大舅捋了捋衣袖,清了清嗓子,开口道:"话说大明朝的永乐帝曾经建了一条南京至北京的南北大官道,经过咱滕县地界的就有百余里。那官道上是五里路一个堡子,十里路一个歇马亭,几十里路一个狼烟墩。遇到紧急情况时,就燃起一堆堆狼粪,那狼烟直直地冲天而上。若是打马急飞,不做片刻之歇,八百里加急的件,只两天时间就能从南京送到京城。"

"大舅,您说的那条官家大道是在哪里?"心驰神往的外甥听到这里,急急问道。大舅的左手指向了地面,答曰:"路在脚下!"外甥望了望眼前十几米宽、整日里尘土飞扬的道路,实在不能把震撼人心的历史与平淡无奇的现实联系起来。看着外甥满脸的困惑,大舅嘿嘿一笑,语重心长道:"孩儿来,老话说的好,'千年大道走成河'啊。这条路若不是经了多年的踩踏,怎会陷下这一米多深呢?所以,咱们的人都叫它做'官路沟'。咱滕州的地界上,事事都有学问的。"外甥听了似懂非懂地点了点头,可却想不明白这跟大舅那只炸飞了的手掌有什么关系。

大舅又清了清嗓子,继续道:"1946年的时候,大舅我刚好十六七岁的年龄,是儿童团的团长,负责查路条。那时候,只有拿着农会出的路条子的人才能放行。大舅当时手持着红缨枪,就在你脚下的这条大官路上站岗,煞是威风。"外甥一边听着,一边遥想大舅当年的英雄风采,感觉自己的一腔热血开始翻滚起来。

大舅讲到这里就停下了,想了想,才继续道:"孩儿来,1938年的台儿庄大捷,你可知道?那可是抗战时,咱中国人打的一场大胜仗。那其中的一战就发生在咱们滕州。当时守卫滕州的是川军将领王铭章师长。川军势单力薄,弹药主要就靠那一车皮汉阳兵工厂造的手榴弹。王师长下决心以死报国,他说过'城存与存,城亡与亡'!那时还是早春,冷得紧,王师长光着膀子,拎着机枪,亲自在城墙上督战。他的身影子呀,直到了今天还在咱滕州老人们的眼前晃动呢。后来王师长身中数枪,死得很是惨烈。一位卖茶叶的老太太把他的尸身拉到了自家里,用柴禾盖了起来,才躲过了破城后日本鬼子的搜查。再后来,老百姓们自发凑钱买了一副棺材,把王师长装殓起来,用牛车拉到了阜阳国民党的机场,这才运回了武汉。"大舅讲到这里,眼圈不由自主地红了起来。他停了停,举起了自己的左手掌,总结道:"正所谓,有钱出钱,有力出力,齐心抗战,真心爱国,说的就是咱滕州人!"

"小狮子"听得心潮澎湃,竟忘了大舅那只被炸飞的手掌了。

大舅看了看眼前的热血小男儿,拉起他的手,走到村口不远处一间废弃的校舍前。大舅说:"孩儿来,你知道吗?这里原本不是学校,而是一个石头垒成的土地庙,庙台子的上面又有一个砖砌的玉皇庙。"大舅指着校舍西边的一条沟说道:"孩儿来,你可知道这条沟叫什么吗?它叫寨河子,因为是临着土寨根儿挖的,原是为了防备土匪来袭。当年日本鬼子进村,就是首先进攻这里,川军硬是把寨河子当作掩体与鬼子激战。为了拖住鬼子,川军将士流尽了最后一滴血,全部战死。寨河子里除了英雄们的尸身,就是他们还没来得及投出的手榴弹。"

"手榴弹"三个字是大舅拖着长音一字一顿地说出的,外甥听了,本能地感觉到故事到了关键时刻。果不其然，大舅在清了清嗓子之后继续道："八年后的一天，我带着一群儿童团团员离开大官道的岗子，路过寨河子，就从土里扒拉出了这么一颗手榴弹。我见那木把子已经锈烂了，可还剩下一个铁头。当时我的心一下子就被什么东西抓住了，也不知怎么搞的，一心一念地就想仿效一下川军的将士。急忙忙地，我找来了一颗铁钉，想先用铁钉投投里面的火药，看看有没有受潮。我正在捣鼓着，就有一个白胡子老爷爷突然间出现了，记得他的模样很像是土地爷爷，他大声叫唤着想要阻止我。可我那时迷了心窍，怎肯罢手，那老爷爷便急忙把我身边的其他孩子们全都撵走了。谁知人刚一撤开，那手榴弹就爆炸了，我的右手被炸飞，右脸上落下一个疤。那天你爹正在家，听见一声巨响，马上跑过来看，又招呼了人，用个柳条筐抬了我，送去八路军的医院，这才救了我的一条性命。"

"原来是这样啊！""小狮子"一声叹息，心底竟有一种无法言说的失落和惋惜。他轻声地问："大舅，您那时一定很疼吧？"大舅淡然一笑，说："疼啊，心里比身子还疼。"大舅这样说着，眼前浮现出一个清丽的身影，那是原本与他定下了亲事的姑娘，是他年轻岁月的念想和希望，也随着那一声巨响远离了他的生活。"小狮子"又问："大舅，那您哭了没有？"大舅回答："哭过啊，夜晚自己一个人的时候。不过，真正哭得伤心的还是我娘和我那大兰妹子。""小狮子"突然发觉在大舅的眼睛里看到了痛楚，又问："那您现在还会疼吗？"大舅笑了，回说："哭过了，长好了，就不疼了。日子总还是要过的，而且还要过得开开心心的。"

外甥发现大舅这次说话时竟然没有举起他的手掌，但眼里的伤痛已经不见了,脸上的笑容很是淡定,心里就想,没了手掌了,这日子还咋能开心地过呢?再又想起,如此说来,大舅也算不得上是英雄了,竟不觉又是一声叹息。大舅见了,就笑着问:"孩儿来,你这可是叹得哪门子气呢?你若能想出一件开心事来,大舅就帮你完成,可好?"外甥的眼睛立时就亮了起来,"真的吗?大舅,我想要一个全村最棒的弹弓!"大舅好奇地问:"为什么?"外甥撇了撇嘴,似是有满腹的委屈,"他们都说我像个姑娘,不像个小子,我想用最好的弹弓打麻雀给他们看,他们若是见了我百发百中的样子,可还有什么话说?"大舅听了哈哈大笑起来,摸摸外甥那一头乱糟糟的毛,说道:"好啊,有志气,大舅定会成全你的。"外甥用半信半疑的眼光看了看大舅空洞的右手袖口,抬眼见到大舅微笑的样子,又忍不住满怀憧憬地笑了。

几天之后,一副让全村的小男孩见了都直流口水的弹弓就骄傲地挂在了"小狮子"的脖子上。那是一副极特别的弹弓。大舅把帮别人盖房剩下的钢筋头用砂纸打磨得锃明瓦亮,做成了弹弓架,又从修理自行车时换下的旧内胎中挑那没有风化朽了的部分剪下两条,仔细用水煮过,作为弹弓皮子,再把开山背石头时戴的破牛皮手套剪下一块做成了弹弓包,最后又用开山炸石头时用的雷管导线把弹弓架、弹弓包与弹弓皮之间的接口紧紧扎裹起来。

自从大舅用他灵巧的"榔榔锤"为"小狮子"做了那副威力无比的弹弓,自从脖子上的弹弓为"小狮子"引来无数的艳羡和荣耀,"小狮子"就在心中自动恢复了大舅"英雄"的身份,见了大舅便又有往常一般的崇拜和黏糊。而大舅见了整天弹弓不离身的"小狮子",见到他那自信满满、张牙舞爪的样子,便会忍不住摸摸"小狮子"那一头乱毛,咧着嘴嘿嘿地笑着,笑得很是开心,很是喜气。

一日,"小狮子"正在村口的官家大道上独自玩耍,看见手提藤篮的大舅远远走来。"小狮子"忙迎上前去问大舅要去哪里。大舅一边走一边回说,要去赶月集,清明快到了,要置办些上坟用的物事。

大舅说完，就突然停下了脚步，在路边坐了下来，望着远方发呆。许久，"小狮子"才听大舅对他喃喃说道："孩儿来，大舅现在是没有爹也没有娘了。很久没有听我娘喊我一声'大孩儿'了，心里想得紧呢。"

听惯了大舅的笑声，见惯了大舅的欢快，那一日，官家大道上飞扬的尘埃中大舅落寞的身影让"小狮子"终生难忘。

■ 二、清明时节

年关时下过一场雪，等出了正月，就一直旱着。

即便没有雨水，冬日里硬疙瘩般的地皮也应和着第一阵春风松软起来，透出一阵阵憋了许久的土腥气。荠菜贴着地皮长，还没发起来，甚小。路边、沟边的枯草中蒲公英的黄被浮土遮掩着，地里正拔节的麦苗和河边已泛青的柳树都灰头土脸的，像那一片灰蒙蒙的天色。

一日夜里，起了大风，直刮得门扇劈啪，柳林呜呜，松涛簌簌。黄尘滚滚袭来，掩了高天的月色。

待得天明，一阵欢实的鸟叫叽喳传来，空气中弥漫着泥土的清香，庄户人家不看也知，那阵透透的春雨已经飘洒过了。天色水蓝透亮，蒲公英的金黄直晃人的眼，麦苗一夜间蹿出了个子，荠菜也长开了，沟渠边的草都绿得很是精神。

大孩儿推开门，从黄色的泥墙往河对岸望去，洼地里的桃花已开到了最艳，带出一片粉红色的雾。而雨后的梨花是雪白的，开在黝黑的枝干上，如同一幅水墨画。

不知何时，妹子已经悄悄站在了哥哥的身后，一只手习惯性地拉住了哥哥的衣摆，轻轻地摇晃着。大孩儿回过身来，看到了妹子仰面望向他的脸庞。在大孩儿的眼中,妹子那双黑白分明的眼眸比梨花还要美,那稚嫩甘甜的笑容比桃花还要娇。可他知道,这清澈的眼光只是半明的,这不变的笑容只是因为懵懂。大孩儿疼爱地摸了摸妹子一头毛茸茸的小短发,俯身摘了一朵红色的野花,插在妹子的鬓边。妹子晃晃头,甜甜地叫着:"哥哥真好!"话还没说完,不想大孩儿竟紧接着把一撮新泥抹在了她的鼻梁上,妹子依旧甜甜地笑着,改口喊道:"哥哥真坏!"大孩儿嘿嘿地笑了起来。

"大孩儿,大兰,进屋吃饭了!"娘的声音隐隐从身后的老屋传来。

祖传的老屋是爷爷在世时盖起的。三间门窗朝南的泥巴房,中间一根粗大的木梁,四面土黄色的泥墙,小小的田子窗,木窗棂,贴着麦黄色的窗户纸。屋顶是高粱秸扎成的,一把一把的,排得很密实,缝隙用麦糠和泥糊住了。再上面一层散着麦穰,从前后屋檐开始散,最后在屋脊上盖上半圆的青瓦。

大孩儿的爹早早地就去世了,他娘带着大兰住在东屋,大孩儿住西屋,中间是吃饭待客的堂屋。此刻,娘正端出了一盆地瓜干子糊涂,放在槐木打的四方桌上。

大孩儿和妹子围桌而坐,大兰端起碗来就吃,被大孩儿生生拉住了,往自己的身边带了带,又用嘴指了指屋梁的方向。

春分以后,燕子就不知从哪里回来了。一只老的带着两只小的,就像娘带着大孩儿和大兰。老的那只每天一大早就出门,去河边衔泥,找鸡毛,再回来在屋梁上垒窝。这里的人家不关门,总是留个缝,那是给燕子留的门。他们认为家里的燕子窝越大,家里人就越有福气。燕子认门,也认人,你若对它好,它年年都来。屋梁上能看出来不同颜色的泥,新的发白,老的发黑,半旧的发黄。

大兰没有心眼,总爱坐在燕子窝的下面,时常就有燕子屎恰巧掉进她的碗里。这样的时候,她不恼反笑,笑声如银铃一般,脆脆的,叮当不停。娘总觉得她是成心的,怪她糟蹋粮食。大孩儿就会一声不响地把自己的碗换给妹子,把妹子碗中的燕子屎挑出来,然后笑眯眯地把饭吃个干净。

"吃过了饭,娘便去赶月集。大孩儿,你和妹妹多捡些柴禾回来。"娘一边吃,一边随口叮嘱道。

大兰知道,娘每次赶集时都会用家中的鸡蛋去集上换一斤半斤的肥肉膘子回来,然后用柴火烧热了铁锅炼油,等凉透了,放进瓷碗里,每次炒菜时刚好用一点。也就是说,今晚的菜里又会飘上几颗油花了。大兰暗暗地咽了咽口水。

"娘,家里磕碎的盐巴也快用完了。还有,快清明了,也要置办点上坟用的物事。"大孩儿提醒道。

娘看了看心细的大孩儿,点了点头。

"娘,我也要跟您和哥哥去上坟。"大兰放下了饭碗,急切地说道。

"孩儿来,你怎么总是不长记性,告诉你多少遍了,没结婚的姑娘不能去上坟。"娘虽是唠叨大兰,语气却是轻的。

大兰撅起了嘴,嘟囔着说:"不上坟就不上坟吧,大兰不要嫁人,一辈子跟着娘和哥哥过。"

娘眼神复杂地看着大兰,问道:"大兰,娘早晚是要走的,你可是真心喜欢和你哥过一辈子?"

大兰点头,脸上露出甜甜的笑容,"大兰心里最喜欢的就是哥哥。"

大孩儿立时沉了脸色,用粗重的嗓音制止道:"哪里来的糊涂话。娘,大兰不明事理,您也由着她胡说吗?大兰是一定要嫁人的,我总会给她找个好人家。"

一见平日里温和的大孩儿翻了脸,屋里的两个女人都不说话了。娘低垂下头,叹了一口气。大兰不吭声,拿一双黑白分明的大眼睛盯着哥哥,依旧撅着嘴。

吃过早饭,娘出门赶集去了,兄妹俩也下地去干活。大孩儿虽是手有残疾的,可是根正苗红,心肠热,有气力,心思灵巧,什么农活都难不倒他,于是大伙就推举他当了生产队长。大孩儿总是先关照着别人家的农活,四处看看都安排停当了,才和妹子搭帮干活儿。他负责重活儿,轻活儿留给妹子,两人一起有说有笑的,从不知道累。清明前后，早晚依旧冷，但日头底下干活照旧是要出一身淋漓的大汗。大孩儿身上那件粗布的衫子已经被汗打湿，衣衫下鼓胀饱满的肌肉的轮廓隐约可见。大兰习惯地拿了一条被汗渍浸得发黄、已经洗不出颜色的干净毛巾为哥哥擦汗，又递水给哥哥喝，哥哥冲着她憨憨一笑。大兰趁机撺掇道："哥哥，大兰想听你唱戏。"

大孩儿是村里业余剧团的台柱子，镇上、县上都演出过。他天生一副奇特的嗓子，愣是好，可粗可细，可低可高。又有一份奇特的才情，唱什么像什么，山东梆子、山东吕剧、山东柳琴戏，样样都会，而且装老头像老头，装老太像老太，每每叫那些面朝黄土背朝天的庄户人拍手称奇。大孩儿的表演质朴幽默，雄中蕴秀，无论是吕剧《小姑贤》里的恶婆婆刁老太太，还是柳琴戏《喝面叶》里活泼的小媳妇梅翠娥，都让他这个硬朗的汉子演得惟妙惟肖。每当柳琴戏里女腔腔尾上行七度大跳的拉腔响起，那又土又粗却是村人最喜欢的味儿便让一村老幼陶醉其中，直让听的人魂牵梦绕。

大孩儿宠爱地看看妹子，应道："好，哥哥唱给你听。"大兰鼓起掌来，甜甜地笑着说："哥哥真好！"大孩儿见了妹子的笑容，眼里也满是笑意，问道："妹妹，你想听哪一段？"大兰想了想说，"《喝面叶》！"哥哥又问她："是听陈士铎呢，还是听梅翠娥呢？"大兰干脆地说："要听梅翠娥。"哥哥听了便打趣道："哦，咱家大兰是想当小媳妇了呀！别急，哥哥很快就会给你找到个好婆家的！"大兰听了，只甜甜地笑着说："哥哥真坏！"

大孩儿依旧带笑，退后了几步，整了整衣衫，清了清嗓子，用左手做了个舞台上挑帘的动作，便在那田间地头认真唱将起来："大门里走出来梅翠娥。石榴花开红似火，翠娥头上插一朵……"

优美动听的曲调里，兄妹俩相视着。大兰的笑颜如火红的石榴花明艳动人，大孩儿的微笑似隐似现，清淡如风。这样的时光是大兰最幸福的时光，这一刻，哥哥不属于任何人，哥哥是属于她的，她在哥哥的身边踏踏实实地欢喜着。这一刻，大孩儿看着清纯懵懂的妹子，想着她不知何时能找到一个合意的夫婿，能如自己一般疼爱于她，不禁暗自牵肠挂肚。

不知何时，清冷的地头突然间冒出了许多的人来，一个个眯着眼、咧着嘴，痴痴地笑着、听着。日子便被那缓缓的日头熏醉了。

清明的头天，天边刚麻麻透亮，大孩儿他娘起得床来，把那唯一的一件黑色大襟袄用手掸了又掸，抻得平整了，才郑重地穿上了身。

堂屋里传来一阵不大不小的动静，是大孩儿刚从河边挑了水回来，倒进门边宽口的砂缸里。

倒完水，大孩儿抬头瞧见了正盯看着自己的娘，忙唤了声："娘！"大孩儿他娘点点头，去那砂缸里舀了半瓢水，放进门边石台上的一个小砂盆里。

水很凉，有些扎手，大孩儿他娘撩起水，仔细洗了脸。盆子里搅乱的水静下来，在暗淡的光线下，大孩儿他娘瞥见水盆中模模糊糊自己的影子，仿佛依旧是年轻时的模样。她知道，那样的面容，是大孩儿他爹所欢喜的，总也看不够。抬得头来，瞥见儿子正在一旁默默看着自己，那眼神可有多像孩子他爹呀，直直地暖进人的心窝子里。不知怎的，每次去上坟前，心里总是跳得紧，孩子他爹年轻时那英武的样子总在眼前晃啊晃的。大孩儿他娘定了定心神，接过大孩儿递来的毛巾擦了脸，又从怀中掏出一把桃木梳子来。

那桃木梳是大孩儿他爹亲手做的，轻巧，木齿不长不短，不疏不密，用将起来既可手又舒服。孩子他爹在世时，常会在清晨起床后静静地看她梳头，一边看着，一边憨憨笑着。她那时还以为这样的光景会过一辈子呢，还担心若有一天这青丝换作了白发，孩子他爹是否还愿意看她梳头的样子。每当这样念想的时候，她那寂寞守寡的心就稍稍得着一点安慰，孩子他爹是带着对她最美的记忆走的，她在自己男人的眼里是永远年轻可人的模样。

大孩儿他娘想着想着就微笑起来，一旁的大孩儿却问道："娘，您怎么落泪了呢?"大孩儿他娘忙低下了头,一边把梳子沾了水,一边慌慌地应道:"是没擦净的水珠呢,你看错了。"大孩儿见他娘对着门边的镜子把头发梳得光光滑滑了,才挽起一个发髻,用黑色的网子网了起来,干净的脸庞愈发显得柔和文气。大孩儿低声道:"娘,这许多年,您的样子一点都不变呢,爹若见了一定欢喜。"大孩儿他娘听了,叹道:"你爹是那少言寡语的人,偏你就话多,总会哄人开心。"大孩儿沉默半晌,轻声道:"娘,这些年苦了你。如今我和妹妹都长大了,您就少操劳些,日后家里有我呢。"娘看了看大孩儿右手那只空落的袖口,什么也没说。

吃过早饭,娘俩就动身出门了,大兰依旧在东屋里酣睡着。

大孩儿他娘胳膊上挎着那个藤编的四方形小篮子,篮子是土黄色的,因为用的日子久了,已经发黑。篮子里装着半瓶地瓜烧、一打黄裱纸还有十几个鸡蛋,外面用一块灰色头巾盖上,不让人看见里面是什么。

晚上,匆匆吃过了晚饭,大孩儿他娘就打发大兰去睡觉了。从坟头带回的柳枝依旧放在篮里,准备第二天插在屋门和院门的门框两边,一边一枝,要这样一直插到端午。

堂屋里,娘俩围着槐木桌坐着,大孩儿知道娘有话想对他说。平日里庄户人家是不点灯的,摸黑说话。打来点灯的煤油,只有干针线活的时候才用,秋天赶制冬衣棉衣时才会点上半夜。那时节,村里妇人的鼻孔都是黑黑的。

"儿来,前些日子娘托人为你说的亲事又没了。"娘涩涩地开了口。

"嗯。"大孩儿淡淡地应了声。

"娘心里有些话想说与你,你听了也不要着恼。"娘的声音很轻,却闷闷的,让人听来感觉很沉。

"嗯。"大孩儿又是淡淡地应了声。

"儿来,你就娶了大兰吧,让她给你生个一儿半女,她也有个依靠,也好延续咱家的香火。"娘的恳求说得甚急,却没有底气。

"娘,跟自己的妹子成婚,不合人伦,这事咱断不能干。"大孩儿的回绝斩钉截铁。

"可大兰总不是你的亲妹子呀,若不是咱家当初收留了她,她早就饿死了呢。"大孩儿他娘这样说的时候,眼前又浮现出往日的情景。

"你跟大兰这孩子有缘呢。当初闹饥荒,大兰她娘讨饭到了咱家门前,还带着四个面黄肌瘦的孩子。那最小的一个才刚刚几个月大,饿得只剩下半口气了。那时你也不过七八岁大,不住地看着那个襁褓中的小婴孩,一个劲地说,小妹妹是不是快死了,娘你救救她。"

大孩儿不做声,心里却是酸酸的,软软的。

"娘拗不过你,把家里仅有的一斗高粱米给了大兰她娘,换下了这孩子。当时也是想着能救人一命,总是好的。"大孩儿他娘叹了口气,接着说:"大兰小时的模样实在可爱呢,大大的眼睛,瘦成那个样子,眼睛直直地盯着你看,还会对着你笑。可谁又知道,这孩子竟是半聋半哑,听不清也说不清的。"

"大兰只是不长心眼子,她很听话的,每日里光听听她的笑声就让人觉得日子很美呢。"大孩儿忍不住替他妹子说了这话。

"也就你拿她当作个宝贝疼着,可别人眼里不是这样子看呢。她若跟着你,你总会疼她,她若跟了别人,总是不好说的事情。"娘的话说得实实在在。

"娘,我的右手没了,是半个残废人,让妹妹跟着我,会害了她。这辈子就是我找不上个媳妇,高低也不能干这个事,这样做不仁义。咱把人家领进了家门,就要让她这辈子能过好。娘,您放心,我一定会给妹妹找个好人家。"大孩儿说得诚恳,他娘听了心疼。

"可你自己呢?儿来,娘以后走了,你可咋办?没个媳妇,没个后,孤单单的一个人,日子可怎么过?"大孩儿他娘说着,便低声啜泣起来。

大孩儿不语,也看不清他的表情。半晌,大孩儿的声音又响了起来,在暗夜里显得异常清晰:"娘,若爹还在,他会怎么说?"

"他会怎么说?还不是如你一样的说法……"大孩儿他娘说到这里,竟止住了眼泪。

"娘,若孩儿这辈子不能留下个后,爹会怪我吗?"大孩儿带着鼻音缓缓问道。

大孩儿他娘的泪又流了下来,"儿来,这是命,你若认了,娘也认了,想来你爹是懂你的,不会怪你的。"

"那,娘,您若抱不上孙子,会不会很难过,会不会怪孩儿不孝?"大孩儿的鼻音更重了,声音发着颤。

"娘不怪你,娘是心疼你啊!你何时才能够懂了当娘的心啊。也罢,你就按照自己的心意过日子吧,日后有个什么事情多跟妹妹商量,两个人相互照料着吧!"大孩儿他娘说完,便起身欲走,起得猛了,险些被桌角磕到。大孩儿急急伸出右臂去拉,却只是徒然地伸出了一段空空的袖口。大孩儿他娘见了,又落下两行泪来。

那一晚,大孩儿独自一人在堂屋的门槛上呆坐了一夜。

从那以后,大孩儿就开始闷头学做木匠活儿。他心灵手巧,又很是刻苦,锯、刨、锤、钉、刻花、油漆,样样干得漂亮,比一般双手齐全的木匠手艺还要好。后来他妹子出嫁时的很多嫁妆,从箱子橱到三屉桌,都是他亲手做的,甚是风光,羡煞了村子里的很多人。

几年以后,大兰第一次跟着哥哥去上坟。大孩儿在爹娘的坟前跪下,欣慰地说:"爹、娘,我把妹妹嫁出去了,是个好人家,就在河对岸开了一大片桃花的地方。爹、娘,我们都很好,你们放心吧。"大兰在那坟前磕了三个响头,唤了声"娘",接着便放声大哭起来。

清明一过,冬的痕迹就被彻彻底底地掩埋了,而春的生机便从此蓬勃着展开在天地之间。当滕州的历史被封存于地下那零落的商代和汉代古墓群,又有多少鲜活的生命被浓缩成墓碑上的寥寥数字。然而,就像春天追逐着冬天的脚踪,生命和历史也在代代相承着。

■ 三、离乡返乡

那年的清明节过后不久,"小狮子"就离开了老家,跟随父母搬家去了青岛。他简单的行囊里最宝贵的物事就是那副大舅用他的榔榔锤做的弹弓。

再见大舅时,"小狮子"已经上了初中,而六十五岁的大舅也离了乡来到"小狮子"父亲承包的建筑工地上做了看门人。

夜晚,一缕寂寥的月光在了无人影的空旷工地上徘徊。守门人的小屋前,久别重逢的舅甥俩一边喝着塑料袋里打来的散装青岛啤酒,一边在月下聊天。外甥问大舅为什么这么大年纪了还出来打工。大舅只是淡淡地回答说:"我那大兰妹子争气,生了好几个娃呢,娃儿们要娶亲、要盖房,需要用钱。你也知道,咱老家穷困,在地里挣不出那么些个,所以我就想出来试试,能多挣些个总是好的。"

工地上的守门人有两个,两人轮流倒班。大舅上夜班的时候,就凭着自觉从来不睡觉,晚上不管多冷都不停地出去转转。工地上的仓库也有好几亩地呢,放了很多的机器设备,塔吊、铲车、压路机等,大舅就像看护宝贝一样地顾看着。白天不值班的时候,大舅也歇息得很少,不是帮工友修个自行车就是给小推车补个胎,见到新来工地的人便总会不厌其烦地叮嘱他们注意安全。工休的时候,常有来自老家的打工人去他那简陋的小板房讨杯水喝,顺便听他讲讲滕州地界人杰地灵、忠孝仁义的故事。偶尔,小屋里也会飘出勾人心魄的"拉魂腔",那样的日子就连月光也很明媚。

大舅这一干就是十年。在这十年间,他在工作上从没发生过一次失误,也没有给"小狮子"的爹带来过任何麻烦。大舅在这里交下了一群朋友,留下了许多温暖和欢笑,但他离开时,口袋却是空空的,他挣下的薪水平日里已全数寄给了远在老家乡下的大兰妹子。

七十五岁那年,大舅返乡了。他的身体早已不再硬朗,他是真的干不动了,他想家了。

大舅回乡前,给大兰妹子去过一封信,告诉她自己一切都好,只是上了年岁,干不动活了,可能无法再关照妹子的生活了,希望妹子多保重,不用记挂着自己。在信里,他特意隐瞒了自己返乡的心思。大舅这辈子唯一的心愿就是远远地看着妹子过上好日子。

清明时节,大舅回到老家,径直去了自家的老屋。那屋因为常年失修,杂草丛生,破落不堪,再也无法居住。大舅靠在老屋那半截矮墙上,痴痴望着河对岸开到最艳的桃花林,身后仿佛传来了娘的轻唤:"大孩儿,大兰,吃饭了"。渐渐地,隔岸桃花便被掩在了一片雾霭中。

大舅老了,既无积蓄也无气力,只能一任老屋继续在岁月中老去。老屋只能是他的一份念想,一个凭吊旧日时光的所在,依旧温暖或刺痛他依依不舍的心,却再也不能为他垂垂老迈的身躯遮风避雨。

那晚,不愿麻烦任何人的大舅就把自己安顿在了村口的土地庙里。

当年大舅在这里被炸飞了手掌,炸飞了青春的念想,没想到老了还是来这里寻一安身之处。说是土地庙,其实就是大舅指给"小狮子"看的废弃校舍,土墙、砖房、瓦棚。文革期间,土地庙台上的玉皇庙被拆了,原址上盖起了学校。再后来几村合并,孩子们去别处的新校上学了,这里没了学生,校舍也就被弃置不用。二十年的风雨,这里已经破旧不堪,只是还未坍塌而已。门板子不知被谁卸了去,大门洞开着。窗户却全被堵上了,是用砖封死的。屋内很黑,所幸还有一只悬吊的电灯泡。靠墙处原有一张木床,不知谁领取的国家民政救济的一床被褥依然还在。

人的衰老有时就是在一夜之间,曾经凭着一只孤掌为妹子打了满屋家具的大舅再也没有气力为自己张罗一扇门板,只是用了块木头板子敷衍着挡挡风寒。

身边剩下的那一点点钱,大舅用来买了一只极伶俐的画眉,算是为自己孤寂的生活找了个伴儿。

起初,大舅的腿脚还算灵便,常会拎着个画眉笼子,到坡下地里跟村子人拉呱。一些个午后无风的日子,还会跑回老屋的矮墙处靠上一会儿,眼望着河的对岸发呆。

日子久了,河对岸的大兰就得着信儿,立时赶了来与十年未见的哥哥相见。

土地庙前,大兰看着哥哥饱经沧桑的脸,又疼又怜地说:"哥哥,你老了呢,人也忒瘦呢。"大舅憨笑起来,说:"妹妹,你咋连白头发都没有呢?你可比哥哥更随咱娘。"大兰看了看哥哥,垂下头,说:"哥哥,这些年,大兰很想你,也很想娘。"大舅听了,沉默半响,问道:"娃儿们都还好吧?"妹子点头,就把各人的事情简单说给哥哥听。大舅仔细听后叮嘱道:"妹妹,你也上了年纪了,别太操劳。儿孙自有儿孙福,能帮衬多少就帮衬多少,不要累坏了身子。"大兰点头,说:"哥哥,我是来接你家去的。"大舅摇了摇头:"哥哥清静惯了,一个人过过松缓日子,挺好。"

第二年的清明节,大舅去给爹娘上坟,不知怎的,回来的夜里就中风偏瘫了。有人就说,那是因为大舅他太念爹娘,伤心大了。

原本大舅的中风并不严重,若有钱医治还是可能恢复的。但是,大舅没有钱,只能在那张木板床上挨日子。一生好强的大舅再也无法料理自己的生活起居,一日三餐只得依靠村里人的救济。

大兰妹子得了信儿,慌忙赶来看哥哥,见哥哥瘫在床上,已口不能言。大兰要接哥哥去自己的家中,大舅拼命摇头,又问他是否愿意去养老院,大舅依旧拼命摇头。大舅无心拖累妹子,也无钱去养老院。他只有一件事求妹子,就是示意她放飞了那只从此无力照看的画眉。大兰打开了笼子,鸟儿在屋内盘旋三周,似是不忍离别自己的主人。当鸟儿最终破门而出的时候,大舅知道,那最后的一点生命的陪伴也远去了,从此他的生活中只有暗夜般的孤寂。他想,这一生自己该担当的已经都有了交代,该放手的没有为自己留下半分。他想起了自己的娘,想起了那个清明的夜晚娘为他今天的日子流下的眼泪。

后掌大村的村口,官家大道上依旧车水马龙,幽暗的土地庙里,依旧悄无声息。一些个有阳光的日子里,大兰来看哥哥。她原本就是只会笑不太说话的人,如今上了年纪,常常忘了如何笑了,见了哥哥只会默默地流泪。大舅再不能用话语来安慰妹子了,也再不能为妹子唱戏了,看着默默流泪的妹子,心下凄凉。相见不如不见。大舅每每用哀求的眼神看着妹子,无奈地摇着自己的头,示意妹子不要再来。可大兰是没有心眼子的人,过段日子,她又拖着老寒腿、拿着吃食来看哥哥了。依旧是泪眼相望,默默无语。

年关将近,"小狮子"陪爹娘回老家过年时,才听说了大舅的事情。他匆匆赶到了土地庙,见到了破床上昏睡的大舅。大舅的胡子茬已经长得很长,花白的头发乱糟糟的,方正饱满的一张脸已经瘦得脱了形。那两道曾经让"小狮子"感觉甚是霸气的卧蚕眉在睡梦中依旧紧蹙着,让人看着揪心。"小狮子"回想起那个谈古论今、神采飞扬的大舅,那个孤掌巧夺天工的大舅,那个月下畅饮、对酒当歌的大舅,心下生出万千的感慨。他俯身在大舅的耳边低低地说:"大舅,您且忍一忍,我不会不管您的。"

除夕那晚,村里响起了热闹的鞭炮声。"小狮子"他娘准备了一篮子鸡蛋让他给大舅送去。

进得庙门,"小狮子"拉开了灯。昏暗的灯光下,"小狮子"看见破床上躺着的大舅眼睛睁得很大。看见外甥,大舅浑浊的眼神里透出光亮来,眼睛紧紧地盯着"小狮子"手里的藤蓝。"小狮子"拿出了三只鸡蛋,正转身准备去煮,就听见大舅在床上哼哼,回过身来,见大舅伸出了手指示意他再拿三个。就这样,"小狮子"为大舅用水壶煮了六只鸡蛋。煮好后,大舅三两口就全吞了下去,接着就被噎住了,只咳得上气不接下气。"小狮子"连忙用手为大舅捋着胸口,发现那曾经结实饱满的胸膛已经只剩下了一层皮包骨头。"小狮子"的心里一酸,强忍住在眼眶里连连打转的泪水。一阵咳嗽过后,大舅发出了一声舒坦的叹息,露出了感激的微笑。

"小狮子"在大舅的床边坐下,一边握着他的"榔榔锤",一边说道:"大舅,我看您精神好多了呢。我去镇上的医院打听过了,您的病还有得治。我也和好朋友商量过了,等过了年就筹钱带您去瞧病。总会让您过上好日子的。"大舅听了,布满皱纹的脸舒展开来,嘴角的笑意更浓了,眼里泛着光,深情地望着"小狮子",似有千言无语要说,可最终只是轻轻地摇了摇头。

"小狮子"要走了,大舅轻挥他的"榔榔锤"与之作别。走到门口时,"小狮子"听见身后大舅的喉咙里发出了一个清晰的声音,压过了远处传来的喧闹的鞭炮声。"小狮子"真真切切地听到了一声"娘"。

除夕的夜里,榔榔锤大舅离世了,他没来得及看到更好的年景。

两年后的清明,"小狮子"回老家为榔榔锤大舅上坟,唯一的告慰就是他和一帮仁义的朋友发起的人道基金救助了很多人,让他们过上了好日子。

那日的清明,天气格外的清朗,空气中弥漫着泥土的清香。大舅坟前的草绿得很是精神,蒲公英金黄得晃人的眼,柳枝随着清风曼舞,似是应和着无声之乐。"小狮子"凝神静听,隐约听见了天地间悠悠飘荡的"拉魂腔"……

老公的烦恼 >

早春的傍晚依旧微寒,轻雾掩去了点点星光,那一明一暗兀自闪烁的是坡顶上一盏年久失修的路灯。

亚男一边哼着歌,一边低头前行。偶一抬头间,见坡顶赫然立着一个黑黑的人影,宽大的裤,开襟的褂,看不清脸,但感觉得出那人分明在看着亚男。

歌声戛然而止,脚下的步子也慎重起来。那人影依旧不动,让人看了心里没底。亚男便不由盘算起来,等会子若是不得不擦肩而过,若是那人突然袭击,该来个怎样的姿势御敌:来个下劈吧,怕坡度大占不得便宜;来个横踢吧,又怕身手还不够熟练;估计还是前踢比较有把握些,可是又怕不凑巧踢坏了人家的要害部位。

正如此这般胡思乱想着,猛然间竟听那人影开了口:"你在想什么呢?"亚男一惊,以为自己那点心思定是被人识破了。

那声音又道:"亚男,你认不出自己的小老头了吗?"

这样的称谓,该是只有老公才有的,却少了一份平日里的调侃与顽皮。亚男匆匆上前几步,定睛细瞧,不是老公还能是谁?

男人耷拉着头,很沮丧的样子。亚男奇怪道:"喂,你怎么在这儿?"老公委屈地答道:"我在等你呀。今天天黑,我买完东西,想你练完跆拳道快到家了,就在这里等着了。"

"那你干吗这么没精打采的呀?"亚男不解道。

"因为我的心脏受到打击了。"老公同志一句不明不白的中文让亚男顿时吓了一跳,忙问:"有人打到你啦,打在你心口上了?还是你受到什么精神刺激了?"

老公更加委屈地解释道:"是我的心受到了很厉害的打击。刚才我去小商店买鸡蛋,有个人叫我'大爷'!"。

亚男一听,噗哧一声笑了出来,不免暗自取乐地糊弄道:"不可能!你呀,肯定是听错了!人家一定是叫你'大叔'吧。"

"不对,那个人就是叫我'大爷'!还有,今天有个合作厂家的人问我今年五十几了,平时别人都是问我三十几的。"老公的语调就像旁边的那盏路灯,乍亮之后就变幽暗。亚男听了,竟一时语噎,傻看着这个平日里大大咧咧、忽然间不知为何较起真来的大男孩。

老公见亚男不吭声了,益发感觉自己的心受到的打击是无法安慰的。他很认真地看着亚男,有气无力地问道:"那么你呢?"

半句话问得亚男摸不着头脑,愣愣地答道:"问我吗?我挺好的呀。"

"我是说,你天天跟我在一起的,你为什么也没有认出我来呢?"男人继续执著着。

"没有思想准备呗,天又那么黑,还以为你是坏蛋呢。"亚男随口答道。

老公一听,又认真起来:"是吗?我的样子像坏蛋吗?"

亚男摇头,想笑,看到老公着实烦恼的样子,就又忍下了。

进得屋门,亚男一一捻亮房中各处的灯,青花镂空的、古旧羊皮的、薄纱缀穗的,各式灯盏借着清浅不一的柔光娓娓道出款款故情。

老公照旧一头扎进厨房里忙碌,只是再无平日里做大餐的心情,简单端出了两盘意面,还有一只单面煎的鸡蛋是特意为亚男准备的。

亚男换上了一身老公送她的酒红色长裙,把长发挽起,用绿丝绒的发箍结成一个松软的髻。她点亮了餐桌上那三支红烛,又取出一只水晶杯,为老公斟上半杯勃艮第红葡萄酒。酒香醇厚,酒色是醉人的石榴红。

老公无言,只把弄着酒盏,一双平日里莹润的灰蓝色眼眸变成了困乏之时才偶一显现的幽幽的琥珀绿。

亚男贪看着那一抹令人心动的绿意,可又不忍见老公的失落,便轻轻踢了踢桌下老公的脚,想逗他开口。老公只是拿眼眸深深地看着她,依旧沉默。

亚男轻轻地俯身过去,撩开了老公额前垂下的一缕乱得可爱的小卷毛。那宽阔而饱满的额头上,岁月已悄然刻下了几条智慧的隐纹。亚男想用唇把那纹抚平。男人的身子一颤。

"你在担心?"亚男耳语道。老公点头。

"担心自己突然老去?"亚男柔声追问道。老公点头,又摇头,"我也说不清楚。今年刚刚跑过三个全程马拉松,我其实知道自己并不老。"

"那你担心的是什么?"亚男再问。

"我担心的是你怎么会认不出我来?我担心的就是这个。"

别的话老公没有再说,也不用再说了,亚男已经懂了。

其实,亚男一直都知道老公的勇敢,他能陪伴自己远赴异国他乡过忙碌辛苦的日子本就是一份了不起的坚强。但是,再坚强的男人也会有某些脆弱的时刻,好比今晚,她的大孩子在默默地索求一份亲人的安慰。亚男懂得给他的。

"世上一切幸福和快乐,等你醒来,妈妈全给你……"隔壁家里在哄孩子睡觉,《摇篮曲》的乐声随着夜色透过半掩的窗飘了进来。

雾散了,月亮出来了。很美的月光,很美的夜晚。

夜色里,一个声音暖暖地响起:"亲爱的,我无力挽住岁月前行的脚步,但我会用情人的眼眸定格你的青春;我无法修正别人评判的目光,但我会用爱人的情怀解读你的存在。若你的心潮一如春水涨落,我就是你心海里戏水的鱼儿,追随着你的天……"

第二天,老公早早地起了床,为亚男做了早饭。饭后特意换上了一身韩国版的蓝色紧身运动装,又戴上了骑赛车时才用的黑色墨镜,架在金色的短发上,确是英气逼人。

两人手拉着手一起出门上班。老公挺起了胸脯,露出健美的身形。

门口的一位小朋友见了,非常激动地喊了一声:"大爷早上好!"亚男一听,生怕老公的心又受到了打击,赶忙想要纠正小朋友的称谓。

谁知老公这次并未着恼,弯下身子,把小朋友抱了起来,亲切地问候道:"哥哥早上好!"。

放下一脸茫然的小朋友,老公拉起了亚男的手:"走吧,别迟到了,大姐!"

亚男听了,一个侧踢愤然地踢在了老公同志的屁股上。一下还不过瘾,还想再踢,老公早已一溜烟儿地跑下了坡。

坡底草色正青,几丛初开的迎春朝阳般明艳。老公站在坡底,用法语愉快地喊道:"加油吧,这就是生活!"

远方红色的小火车

火车进站了。那是一辆红色的小火车。

站台上的两个女人一前一后进入了车厢,又碰巧坐在了面对面的位子上。

两个女人对望了一眼,同时露出了友好的微笑。

"您好,我是蜜雪儿。"一头栗色短发、娇肤胜雪的女人先开口道。

"您好,我是波莉娜。"黑头发黄皮肤的我礼貌地回应道。

"我在白银市下车。"蜜雪儿说。

"我也是。"我应和道。

"我先生参加今早从霞慕尼始发的山地马拉松,我去白银市的茶点供应处等他,给他加油。"蜜雪儿略带自豪地补充说。

"我也是!"我再次应和道。

两个女人相视一笑,仿佛同道之人不经意中认出了彼此,陡然间生出几分相惜的情意。

　　凭窗眺望,白朗峰顶的皑皑积雪映着天光透出一抹浅淡的蓝色,满坡林木因了雪水的滋养而郁郁葱葱,古老的冰河在夏日阳光的照耀下发出青春的光芒,轻灵的薄雾半掩起绝世的容颜却愈发令人遐想,而各色的山花与绒绒碧草结伴,一路铺撒到山脚下的小木屋。那里,一缕炊烟正袅袅升起。

　　"您知道吗?坐上红色的小火车是我儿时最大的梦想,今天终于实现了。"蜜雪儿话语很轻,却让独自出神的我立时回过神来,兴趣满满地追问道:"您为何会有这样的梦想?"

　　发间已见些许银丝的蜜雪儿用孩子般纯真的眼神看了看我,缓缓开始了她的讲述:

　　我从小生长在乡下。我的爸爸是一位传道人。记忆中,他的眼睛是像星星一样的蓝色,他的声音就像太阳一样温暖,叫你名字时会让你忘掉所有烦恼。而记忆中的妈妈是像月亮一样美丽的女人,总是静静地忙碌,静静地微笑。

　　爸爸很少在家,他要走很多路,照顾很多的人。妈妈也很少在家,她陪在爸爸的身边。我呢,就留在外婆家里,期盼着每一个他们回来看我的日子。

　　记得那是一个多雾的早晨,一大早就有人按响了外婆家的门铃。我兴冲冲地爬起来,光着小脚丫就冲向了门口,因为我知道那是爸爸、妈妈要来看我的日子。然而,我没有等来爸爸、妈妈。他们因为赶着回来看我而在大雾中遭遇了致命的车祸。

　　后来的很多年里,我和外婆之间都进行着同样的对话:

　　我问:"外婆,为什么爸爸、妈妈还没有来看我?"

　　外婆说:"他们坐着小火车去了天堂,那是一个非常美丽的地方。"

　　我问:"他们去了天堂就不要我了吗?"

　　外婆说:"你是他们最心爱的宝贝,他们怎会不要你?"

我问:"那他们为什么不来接我?"

外婆说:"去天堂的路只能靠每个人自己走,爸爸、妈妈会在路的另一端等着你。"

我问:"那我要怎样才能去到天堂?"

外婆说:"你要坐上一辆红色的小火车,那车子会一直开很久很久,一路上你会看到许多的风景,还会遇到许多同行的人。无论环境如何,你都要真心赞美;无论遇到怎样的人,你都要爱人如己。"

我问:"到哪里可以坐上红色的小火车呢?"

外婆说:"孩子,一切都在你的心里。车站的第一站叫作信心,当你凭着信心去爱和赞美,你就拿到了那张叫作平安与喜乐的车票。"

蜜雪儿说到这里就停下了,我们的火车到站了。

或许因为人生有太多的戛然而止,大自然中平凡的天长地久才变成了人世间的神话。

从车站出来,白银冰河与绿顶山脉间的白银小镇便呈现在眼前。

这里是雪山环抱中最得光照的一角,宁静而明媚。顺着乡间小径一路走来,不觉间蜜雪儿轻挽起我的手臂。脚下的小草随风悠然起舞,草间水杨梅温婉的黄色花冠上缀满羽状绒毛,那绒毛的尖端不知被谁轻抹上了一点醉人的酡红。

走着走着,渐渐看到了熙攘的人群。

一条不算宽阔的土路上,马拉松选手们奋力跑过,不论是青春盎然的,还是暮色向晚的;论是健硕挺括的,还是清癯矮小的,每个人的脸上都有着同样的坚持,感动着每一名路人。于是,所有人都在由衷地大喊"加油,加油"!

很快,我们就在奔跑的人群中找到了各自的夫君。因为两个男人身体都还热着,不能停下,于是,简单寒暄后,两个女人递上了水,为男人擦了擦汗,男人们就继续前行了。

返回车站的路上,我赞道:"蜜雪儿,你先生真帅!"蜜雪儿听了,微笑如涟漪般从嘴角一圈一圈地荡漾开来,直到满脸、满眼的笑意都灿烂如花,她才点头道:"嗯,我一直都知道的。"随即,她又补充说:"他不仅帅,而且待我非常用心。"

再次回到小火车上时,我追问蜜雪儿长大后的经历。蜜雪儿说,后来她当上了乡村教师,又当上了志愿者,利用所有空闲时间在一家专门照顾困难家庭的机构里当义工,一干就是几十年,从未停歇过。也正是在这家机构里她遇到了同为义工的先生。

正午的阳光很暖,蜜雪儿的声音很轻,车厢里有一种静静的甜蜜。"我和先生挣钱都不多,生活很简单,但是我们很幸福。我先生一直都知道我的红色小火车的梦想。有一天,他突然开始练习长跑。当时我感觉很奇怪,而他只是笑了笑,说这是一项既健康又省钱的运动。" 蜜雪儿说到这里停下了,反问我道:"你先生为何喜欢长跑呢?"我一时间竟不知如何作答,不是没有答案,而是答案太多。

我略一沉思,回答道:"我想,日复一日的长跑,对于我先生来说,是一种生活方式,也是一种生活态度。他常说,跑步时人会变得很静,听得见自己的呼吸和心跳,许多复杂的念头被跑掉了,又有一些简单的念想从心底升起,变得清晰而真切。于是,跑着跑着,他就做回了那个简单的自己,单纯而快乐。"

蜜雪儿听得很认真,显然他先生有着和我先生不同的动机。我接着说:"我先生喜欢长跑,还有一个原因。他曾经说过,一年四季的每一日,上天都在大自然里为我们安排了不同的礼物,所以他每天都会像孩子一样去寻宝。他喜欢迎春的第一点嫩黄、双枚的满树嫣红,喜欢看白天鹅在春日湖边引颈梳妆、小鸭子在冬天的桥下抱团取暖。他还知道夏荷开的时候会唱歌,秋叶落的时候会跳舞。每年入冬后,他便会拿出九九消寒图,在那九朵梅花的八十一枚花瓣上,用色彩来记录每天天气的变化。"

一口气说了这许多,想来这一切的美妙早已在心中。蜜雪儿听得入神,接着又问:"这是你们第一次来霞慕尼吗?"

我解释道:"我是第一次,我先生是第二次。去年比赛时正下雨,他在半途中摔伤了,他说那一刻真的很希望有我在身边。所以,今年我就坐飞机陪他一起来了。你们呢?"

蜜雪儿回答道:"我们是第一次来。原以为我先生只是想让我陪他参加人生中的第一次马拉松比赛。我们两人一直生活很节俭,若没有特殊缘由,是不会花钱出来旅游的。来到这里以后,我才明白,原来所有的一切只因他想帮我圆梦。在法国,只有在这个地区才有纯粹的红色小火车。"

火车进站,短暂的旅程结束了。我和蜜雪儿却依依不舍,便决定在车站旁边的小酒吧共进午餐。

简单的餐饭一上桌,倾谈的话题就被我锁定了,因为我太想知道,一个坚持几十年做义工的人有着怎样的经历和感受。

蜜雪儿告诉我,她给辍学的非洲孩子补习过功课,给九十九岁的老人送过终,给残疾人烧过饭,也在医院里做过陪护。因为一直住在乡下,主要的交通工具是自行车,她曾经骑坏过好多辆。后来因雪天摔坏了脚踝留下后遗症,不能骑太远的路,她就带着自行车搭乘乡村火车。只是,那些小火车都不是红色的。经历的人和事很多,最令她难忘的是一对刚离世不久的夫妇,先生八十九岁,夫人八十五岁。

在我的请求之下,蜜雪儿向我讲起那对老夫妇的故事:

先生是上校军医,曾在非洲工作多年。那里的生活很艰苦,但夫人一直陪伴在他的身边。我在他们的家中干了九年,一周两次,帮他们洗衣和做饭。他们待我就像待自己的孩子。

先生和夫人都是基督徒,每日清早起来都会读经祷告。他们是真正相爱的一对,我从未见他们两人红过脸。先生说得最多的一句话就是"先照顾夫人",而夫

人说得最多的一句话是"一切都听先生的"。

虽是军医出身,先生却酷爱历史和文学,家中藏书甚丰。他知道我是个小书虫,便时常借书与我,但有一个条件,我必须写读后感。每次还书时,我都会端端正正地向先生行军礼,大声道:"报告长官,读书完毕,现呈读后感一份!"先生总是先习惯性地整理一下衣衫,挺直了腰板,庄重地向我回礼,然后才笑眯眯地接过文稿,目光炯炯地看着我说:"来,让我们一起检视一下任务完成得如何!"

先生每次都会戴上老花镜,在桌案上仔细阅读,还用笔认真圈点。无论我的见解如何幼稚,先生总会带着欣赏的眼光加以点评,并把自己的领悟分享给我听。那种忘年之交的默契与快乐会令我一生回味。

在先生的家中,有几本厚厚的影集,里面记载了两位老人在非洲生活的点点滴滴。先生常会在喝下午茶的时候,就着半明半暗的阳光拿出来翻看,一边翻一边向我讲述非洲的逸闻趣事。我曾听说先生在非洲时救治过很多人,但他自己对此绝口不提。

先生常会翻开影集中的一页,指着那上面一个非洲家庭的全家福对我说,"这是我的非洲兄弟,旁边是我兄弟的女人,再旁边是他们的孩子。"先生一边喃喃地说着,一边用手指轻轻摩挲着照片上一个小男孩的笑脸,孩子的手里拿着一本手绘的小人书。

关于这张照片,先生向我介绍了很多次,每一次都是同样的话语,同样的眼神,同样的动作。我只是静静地听着,什么也没问,但始终心存困惑,直到有一天,夫人趁先生出去散步时为我揭开了谜底。

由此,我也终于知晓,两位老人常年独居,膝下无人承欢,乃是因着一个令人唏嘘的生命故事。

夫人在非洲生活的时候也曾怀过孩子。当时物质条件简陋,夫人身体又弱,一直处于保胎的状态。就在夫人怀有七个月身孕时,一个风雨交加的夜晚,有人半夜来敲门。原来,当地一位即将临盆的孕妇持续高烧不退以至昏厥,当地医生束手无措,害怕产妇和胎儿的性命不保。情急之下,产妇的家里人冒昧跑来求助。先生一听,二话没说,坐上勤务兵开的车子连夜赶去探望病人。

那晚夜黑,风大雨大,路途泥泞,先生的车子在半路上翻了车,所幸车上人虽受皮肉之伤,但无性命之忧。先生不顾伤痛,坚持自己步行去救人,让勤务兵回家捎话。

守在家中的夫人整晚心神不宁,无法入睡。当她终于听到敲门声,匆匆跑去开门时,却看到受伤的勤务兵独自一人回来,又听说先生的车半路上翻了车,心内大急,没等勤务兵说完就感到一阵剧烈的腹疼,不幸早产。

那一晚,先生凭借自己高超的医术把一个垂危的生命留在了世间,又把一个啼声嘹亮的新生命接到了世上,还认下了一位非洲的兄弟。可是,当他带着满心的喜悦匆匆赶回家中时,却发现家里空无一人。

医院的病床上,夫人面色惨白,默默流泪。就在那个无助的夜晚,在当地简陋的医疗条件下,她因为没能及时得到妥善医治,不仅失去了自己的第一个胎儿,而且此生再也无法做母亲了。

跪在夫人的床边,把头埋进夫人的手里,先生忍不住痛哭失声。曾经,他满怀憧憬期待着孩子的降生。他精心调理夫人的身体,精心布置了温暖的婴儿房。他还用拿惯了手术刀的巧手为孩子制作玩具,绘制小人书。如今,这个他在心中疼爱过无数遍的小生命就这样消失在凄风苦雨中,再也无法知道爹娘的怀抱会有多么的温暖。

孩子走了,留下了先生心中一生的痛。

夫人在讲述这段几十年前的伤心往事时,眼圈红红的,但是神色却很平静。她轻叹了一口气说:"先生可怜,痛失爱子,又对我心存愧疚。他后来把为孩子准备的所有玩具和小人书都转送给了他救下的非洲小男孩。"

我在一旁一边垂泪,一边忍不住问道:"先生救了别人的孩子,却永远失去了自己的孩子,他不后悔吗?"

夫人摇头,缓缓道:"如果一切重来,我想先生还会做同样的选择。他是医者,也是基督徒,就当舍己。"

我又问道:"您和先生不会觉得命运不公吗?"

夫人慈爱地看了看我说:"赏赐的是耶和华,收取的也是耶和华。因我们所遭遇的是出于他,我们就默然不语。因为我们知道,一切的苦难都是化了妆的祝福,凡事必有主的美意,主的恩典够用。"夫人看见我依旧懵懂的样子,微笑着说:"你也看到了,家里时常会有年轻人来,与我们亲近,与我们分享生活,一起祷告赞美。这样的光景,岂不胜过许多子孙满堂但在晚年却无人关心的人吗?我虽无子,但每当我想起孤儿院里有孩子正穿着我亲手编织的线衣,心里便有为人母的满足。又譬如你,也是上帝送给我们的宝贵礼物啊,我们又怎能不赞美称谢呢?我们的好处只在主里面,我们的盼望原是在天上。"

那日先生散步回来后,夫人提议一起唱赞美诗《奇异恩典》。客厅里,落日余晖中,先生那双垂垂老迈的手在钢琴上深情地弹奏,夫人的声音虽轻弱,却洁净如天籁,在赞美中感恩称谢。

虽然没有孩子,那却是一个充满了平安与喜乐的家。

我一直以为两位老人会长命百岁的,以为还有很长的岁月可以与他们相伴左右。谁知一天晚上,夫人在睡梦中就去了,样子很安详,仿佛只是正在做着一个很美的梦,尚未醒来。夫人走后,先生很平静,他说夫人是有福的,她被主接去了天堂,去和他们的孩子团聚了。

说到这里,蜜雪儿停住了。她转头望向窗外,我看不清她的表情。过了一会儿,她转回头,继续讲述:

夫人走后的第二周,我去看望先生。很奇怪,平日里早起读经的先生尚未起身,背对我躺着,静静的,没有一丝声响。

我的心跳得厉害。我轻轻地唤了声"先生!"可是没有回应。

我的心开始抽紧,又大声地唤了声"先生!"先生依旧没有应声,但是缓缓地转过了身,温柔地看着我,仿佛他已离开,我刚从另一个世界把他唤回,而他又不想责备我的打扰。那双深邃的绿宝石一般的眼眸已经不复光彩,只是淡淡地、不舍地看着我。

我的心撕扯着。我站着不动,努力在唇边挤出了一个微笑。先生也微笑了,那微笑不在他的唇边,而是在他的眼神里。

我的微笑不知怎的竟被泪水打湿了。先生见了,吃力地说:"孩子,别哭,谢谢你为我们做的一切。我很快就要与夫人团聚了。不要送我去医院,请你叫牧师来吧。"

我呆立了半晌,突然冲出了房门,一口气跑到大街上,就在当街不管不顾地嚎啕大哭起来。我哭得昏天黑地,似乎把从儿时起积攒的伤痛全都翻腾了出来,难过得无法自已。

蜜雪儿说着的时候,不觉中已是泪流满面。看得出来,她早已把两位老人当作了自己的双亲,又一次在失去亲人的痛苦中备受煎熬。

"先生是在祷告和赞美声中离开这个世界的。他虽没有儿女为他送终,但他并不孤单。"蜜雪儿缓缓止住了眼泪,接着说:"当年失去父母时,是外婆那段关于红色小火车的话一直在激励着我,度过了最艰难的日子。我一直尽心做最好的自己,我不怕苦,也不怕难,可我害怕离别,真的害怕!"

我心疼地看着蜜雪儿,非常抱歉无心中掀开了她的旧伤口。我想,自己应该为她做点什么。正犹豫着不知如何开口,突然间手机响了,上海的好友发来了长长的短信:"知道你害怕坐飞机,能为爱而勇敢,你是幸福的。既已平安到达,就请释放你的身心灵,在法兰西的浪漫国度里安享生活吧。品一杯下午茶或是咖啡,欣赏夕阳下的古堡以及漫天的云，还有如紫色迷雾般的薰衣草。随手捧一把雪山的融溪水，看落翠惊起溪鱼带出水波。感谢一生中不管是在或已不在的朋友们，为所有人祝福。"

微笑从我略染哀伤的心底漾逸出来，就像那缕温和的阳光刚刚透过云隙照在了蜜雪儿的身上。我把短信内容译成法语，蜜雪儿听后由衷地说："真的很美，你能有这样的朋友真幸福！"

我说："你能有先生和夫人那样的朋友也很幸福呀！"

蜜雪儿听了，若有所思，点了点头。

我把心中一个萦绕不散的问题提了出来："如果把人生比作一段乘火车前行的旅程，为什么外婆说开往天堂的小火车是红色的呢？"

蜜雪儿回答道："我问过外婆同样的问题。外婆说，世上的火车很多，红色的却少，就如《圣经》里所说的，'引到永生，那门是窄的，路是小的，找着的人也少'。"

我沉思片刻说："选择救恩的窄门，意味着一辈子走那艰难的路，经历试炼而靠主得胜。你看先生和夫人，'就是他们在患难中受大试炼的时候，仍有满足的快乐'；当他们面对生死离别时，依然盼望，依然赞美，因为他们全然顺服神的旨意。"

蜜雪儿听完，微笑了，轻叹了一声："感谢赞美主！"微笑的蜜雪儿脸上发出圣洁的光芒，像个天使。

我在赞美中与蜜雪儿相视而笑。

远方红色的小火车进站了，它开往天堂。

CHAPTER THREE

第三辑

保守你的心

透过柳枝看月亮

■ 一

初秋的湖边,萌萌独自坐在长椅上透过柳枝看月亮。

不知何时,一个修长的身影静默地投在了她身前的草地上。惊觉之下,蓦然回首间,萌萌看到了非洲同学艾瑞克的笑容,纯真、羞涩、顽皮。

艾瑞克像是鼓足了勇气,开口道:"我的同桌,你好吗? 我可以在你的身边坐下吗?"

萌萌回转身,面对湖面,淡然应道:"既是同桌,想坐就坐吧。"

男孩刚坐下,萌萌又开口道:"我叫萌萌,以后别叫我'同

桌'了，我们大概不会再在课堂上见面了。"

"为什么？你难道不是我们班的新生吗？"艾瑞克的语气里带着一种莫名的焦急。

萌萌看了看他，轻笑着说："我才不是呢。我是西语系大二的学生。刚开学不忙，又正好认识你们班主任，所以今天上午就去旁听了一节国际政治课。"

艾瑞克听完，若有所思地说："怪不得你会说法语，还说得那么好。"萌萌不置可否地又看了他一眼，不客气地问道："你今天早上怎么迟到了呢？你经常迟到吗？"艾瑞克不好意思地挠了挠那一头黑黑的、可爱的小卷毛，尴尬地回答说："我早上起床晚了，所以就迟到了。"

萌萌用不屑的眼光表达了她对上课迟到男生的鄙视，硬生生逼得艾瑞克低下了头。可他并不甘心，过了一会儿又抬起头来，很是赖皮地说道："不过，如果你肯做我的同桌的话，我保证上课一定不会再迟到！"他说完，就眼睛亮闪闪地盯着萌萌，痴心地渴望着一个肯定的答案。

无奈地摇摇头，萌萌背转过身，算是对那无厘头式的问题的回答。踏月而来原本是为了独寻一份清幽的古意，月色很美，她不想辜负了。

一切刚安静下来，艾瑞克又开了口："你怎么不说话了？不高兴了吗？我惹你生气了吗？"

男孩的语气中有一份萌萌所不习惯的天真和无辜，让她一时不知如何作答。女孩想了想，突然间便起了疑心，问道："校园这么大，你我以前从不认识。怎么今儿白天才遇到，晚上就又碰见了呢？"

艾瑞克挠了挠头，略显无措地答道："我也觉得很奇怪呀。宿舍里憋闷，我是常常在晚上坐在这里听音乐的。"

男孩耳朵上果然塞着耳机。萌萌没想到竟是自己侵犯了他人地盘，心里立刻感觉没了底气，闷闷地不做声。

"你怎么又不说话了?"艾瑞克再次不安地问道,"那你今天晚上为什么会来这里?"

"今天下午去中文系旁听,老师讲了中国诗词中关于月亮的诗作,所以就想着过来体验一下古人望月的心境。"萌萌随口答道。

"你真是好学生呢!"艾瑞克赞叹道。萌萌不能确定那赞叹是不是嘲讽,便侧头仔细观察他的脸。

月光下,那脸的轮廓如青铜雕像般线条分明而又精致完美,年轻的肌肤紧实而光洁,一双温顺的大眼睛黑白分明,长长的睫毛细密而卷曲。原来,艾瑞克竟是一位美男。

被萌萌盯看着,艾瑞克忽然间不好意思起来,低下了头。察觉到自己的失态,萌萌也急忙转过头去。

月儿升得高远了些,那光愈发淡了。因为没了话说,又没了独自赏月的情致,萌萌便开始觉得有些个冷。她看看身旁依旧低头坐听音乐的艾瑞克,碰了碰他的胳膊。艾瑞克摘下耳机,茫然地看着她。

"天晚了,我要回宿舍了,再见。"萌萌的表现中规中矩。

男孩慌忙收拾起耳机,急急地问:"我可以送你吗?这边人挺少的,怕不安全。"见萌萌没回答,男孩又补充说:"就送你到园区的大路上,好吗?那边亮,人也多。"

小路幽深而狭窄,艾瑞克不好意思和萌萌并肩走,总是故意地慢萌萌半拍。见萌萌无意间抱拢了双臂,他便脱下了自己的黑色风衣,笨拙地披在了萌萌的一袭红裙上。

风衣很暖,萌萌拉扯着裹紧了自己的身子。侧头看艾瑞克时,见他穿着一件宝蓝的T恤,一条水洗的牛仔裤,俊美的身影在如水的月光中悠悠晃动着。

一路无语。风起时,两人在路边分手。艾瑞克让萌萌留下风衣,萌萌不肯,冲他挥了挥手,便转身小跑起来,一头扎进了夜色中。

身后远远传来一个孩子般的声音:"请做我的同桌吧,求求你啦!"

■ 二

初雪盛开,飘飘洒洒。冬日暖阳发出七彩之光,一如春之明媚,让人心神荡漾。

萌萌感觉自己就像风中的雪花,一路飘飞着,旋转着,不知怎的就飘落在艾瑞克的面前。

"外面很冷吧?你的脸像个红苹果,很是好看呢!"艾瑞克半倚在门边,目光炯炯地看着萌萌。这个男孩总是有办法把关心和赞美轻巧地揉在一起,让人拒绝不得。

萌萌点点头,刚要开口,房间里传出了一个铃铛般清脆的女声:"艾瑞克,是你的同桌来了吧?是她吧?"

刚刚还在为第一次的室内约会而忐忑呢,此刻听见了房内的声音,原本应感觉宽慰的心情却突然间如雪花入泥般失落。

看到萌萌的神情变化,艾瑞克竟毫无掩饰地露出了灿烂的笑容,回头对屋里喊道:"是的,是的,别急嘛!"然后侧过身,把萌萌拉进他的单人宿舍。

房间不大,一床一桌,暗红的地毯,草绿的粗布窗帘,进门处的茶几上已经摆好了诱人的美食。一位棕黑肤色的年轻姑娘席地而坐,头上梳着细密的小辫子,额头光洁,鼻梁直挺,双唇饱满,一双灵动的大眼睛左顾右盼着,见到萌萌立刻笑意盈盈。

"本公子故乡之第一大美人——克莱尔小姐。"艾瑞克半弯着身子隆重介绍着,一副似笑非笑的表情。

"这么胡乱说,就不脸红吗?真是的!"克莱尔一边亲昵地抗议着,一边站起身来,走近了萌萌,赞叹着:"好美的同桌呀,难怪艾瑞克总挂在嘴边。"萌萌淡淡地笑笑,掩饰着内心的慌乱。

大约是不忍见萌萌那副尴尬的模样,艾瑞克俯下了身子,一边在萌萌的脚旁摆好一双拖鞋,一边动手帮萌萌解开鞋带。萌萌连忙喊道:"别这样,我自己来!"

萌萌匆匆弯腰时,艾瑞克正抬起脸来看她,结果萌萌的额头撞到艾瑞克的双唇,两人似被电流击中,半天动弹不得。

一旁的克莱尔一手扶起萌萌,一手拉起艾瑞克,什么话也没说,只管嘿嘿地傻笑。满脸羞涩的艾瑞克暗中瞪了她一眼,克莱尔也毫不含糊地回瞪了一眼,假装悻悻地说:"你要请客,却要我下厨;如今这饭还没吃呢,就开始嫌弃好心人了?"艾瑞克愈发无语,便借洗手之名离开了房间。

克莱尔是个自来熟的姑娘,大方地自我介绍道:"艾瑞克带我来的中国,今年刚来,我在语言学院学中文。"萌萌好奇地问道:"你们俩为什么不在同一所大学学习呢?"克莱尔听后居然笑了起来,"因为我没有艾瑞克那样的本事可以考上中国的最高学府呀!艾瑞克可是整个家族的希望,他以后是要从政或者当外交官的!"

萌萌从未问过艾瑞克为何学习国际政治,也从未打听过他的家世背景,如今不用问也大致明白了。心里不由得猜想,克莱尔应该就是艾瑞克的家族为他内定的未来妻子吧。这样的念头一出,萌萌不好意思起来,见克莱尔依旧笑吟吟地望着她,便也借洗手之名走出房间。

那日的美食是带鸡肉丝的拌饭。饭的味道记不清了,萌萌只记得艾瑞克和克莱尔吃手抓饭时那熟练而贪吃的样子像极了两个抢食的孩子。简简单单的饭菜,高高兴兴地进食,没有高谈阔论,没有家长里短,只有两人间不时的嬉笑。那份亲密与默契该是许多岁月打磨出的吧,带着甜甜的生活的气息,让人在一旁看了都不觉要微笑。

净过手,整理好衣衫,艾瑞克捡一舒适的坐姿重又坐下,怀里却多了一把老旧的木吉他。他纤长的手指在琴弦上随意地拨弄了几下,便有妙不可言的乐声流泻而出,顿时满室生辉。

克莱尔见艾瑞克拿出了吉他,更是欢快地叫了起来。她那象牙般细腻莹润的脸上发出淡红的光,眼睛也亮如星芒。艾瑞克弹奏起家乡的音乐,克莱尔用双手轻缓地打着拍子,不觉中站起身来扭动着腰肢随拍而舞,音乐便在那玲珑曼妙的身体曲线中徜徉流转,萦萦不绝。

很奇怪,感觉分明是清新欢快的旋律,可在艾瑞克的指下,却有一种说不出的温柔。萌萌原以为会听到荒漠骄阳的热情,不成想听到了潺潺的水流。原来艾瑞克的家乡竟是鲜花盛开、果树遍野的所在。

乡音的魔力促发了兴致,不知何时两人已一起柔声地吟唱起来。男声低沉而富磁性,女声清亮且极纯净,两个声音交织着、纠缠着,透出自然的性感和原始的野性。

这样的歌舞,这样的青春,这样的生命,让萌萌感动到想要流泪。艾瑞克看见萌萌怪怪的表情,停了下来,关切地问:"怎么了?萌萌,你不舒服吗?"

萌萌不好意思地笑了笑,赞叹道:"你们两人太般配了,真好!"

萌萌的话音刚落,克莱尔开心的笑声便如银铃般在小小的宿舍里摇荡起来,而那明媚的笑容里带着几分少女的羞涩。艾瑞克不以为然地摇摇头说:"我如何和她配得?她可是我最可爱、最可人的妹妹。"

克莱尔听了,娇羞地望了艾瑞克一眼,那欲说还休的眼神让萌萌不觉想到,两人之间定是有着许多故事的。

克莱尔转过身子去茶几边沏茶了。艾瑞克温和而略带宠爱地看着克莱尔的背影,不由自主地微笑着,重又拾起木吉他,随手弹拨起来。

艾瑞克凭窗而坐,午后的阳光透过木窗棂暖暖地照进来,淡淡的一层金黄漫浸少年之身,窗外横斜的松影一半老绿、一半纯白,随着微风轻轻摇荡。

这一次，艾瑞克选了一首中文歌——《驿动的心》。

不喧不躁的吉他声从容铺叙着游子的心路，艾瑞克眉宇间些许愁怅、些许落寞，看起来与他唇边那孩子般纯真的笑容如此地不相宜，却又如此地动人心魄。

带着无法更改的乡音，在弥散小屋的缱绻乡愁中，年轻的艾瑞克一边轻轻地拨弄着吉他，一边深情地吟唱，一边用他那双含笑的眼睛暖暖地看着萌萌。

一瞬间，萌萌恍惚地以为，她的世界里只剩下了阳光、音乐和那在阳光和音乐中淡淡生辉的男孩。

这样的一幕是日后萌萌回想起艾瑞克时，绵柔心绪里一抹青春的追思。

■ 三

柔弱的月光洒落一地淡淡的斑驳，柳叶儿似是睡去了；静听风吟，那风中若隐若现的轻响岂不是柳枝悄然藏起的鼻息。

艾瑞克和萌萌坐在湖边的长椅上。男孩如此安宁，雕像般在月下静美着。

不知过了多久，男孩开口说："我明天要走了。"

女孩点了点头，没做声。

"我走了，你会想我吗？"男孩的语气清淡，若不认真听，女孩还以为那只是风声喃喃。

眯缝起眼睛，女孩仔细想了想，答道："若是你想我，我便会想你。"

男孩把投向湖面的目光收回，缓缓地转过头，狠狠盯住了女孩。即便是在微弱的月光下，那黑白分明的大眼睛里强烈的不满也刺到了女孩的眼睛。

女孩一时心虚，扮了个鬼脸，赖皮地问："干嘛这么凶巴巴的样子？谁叫你要问呢？"

男孩有些懵，傻傻地追了一句："那要不问呢？"

"当然会想!"女孩说完兀自笑了起来。男孩看着女孩,也在唇边扯出一抹清浅的笑来。

一阵风过,云黛轻舞。男孩痴看许久,把脸缓缓埋进女孩的长发。一声幽幽的叹息顺着缕缕发丝滑下,飘落女孩柔软的心底。

月光下,一个温暖的声音伴着风儿在女孩耳畔低语:"无论有多远,无论有多久,无论你想不想我,我都会很想你……"。

艾瑞克回国了。接下来的暑期似乎漫长而无趣,一向贪恋假期的萌萌发现自己史无前例地盼望起开学来。

月圆了,艾瑞克回来了,萌萌终于又可以和艾瑞克一起,在湖边长椅上透过柳枝看月亮了。

别后重逢的那晚,女孩穿了一身蜡染碎花布的长裙,长发梳成了一条辫子垂于脑后,前额一排齐眉的流海。男孩借着月光仔细端详着女孩的侧影。

过了一会儿,男孩把头转向湖面,轻声说:"你真美。"

女孩不看他,独自对着湖面微笑不语。

男孩突然转过头来,笑眯眯地问女孩:"知道你脸上什么最美吗?"

女孩探究地看着男孩,感觉那孩子气的笑有些坏坏的,甚是可疑,迟疑着摇了摇头。

缓缓抬起手,男孩用手指小心翼翼地触碰了女孩左脸上的美人痣。他用近乎叹息的声音说:"还以为是画上去的呢……原来竟是真的。"男孩的指尖是清凉的,像柔和的夜色,像夜色里轻抚的微风,从女孩心头淡淡地拂过。

"我在家乡时常会望着月亮想起你,想得最多的就是这个小点点,那么俏皮又那么妩媚,让人着迷。"男孩放下了手,继续对着湖面说,"我们那边有的女孩子为了讨男孩子的喜欢,会自己用笔在脸上画上一颗美人痣的。"

"真的吗? 真的会有人做这样的事情吗?"女孩细长的眼睛忽然睁得大大的,

半信半疑地问道。

男孩看了女孩的模样忍不住笑了,"下次放假去我家乡吧,你自己了解一下不就明白了。不过呢,知道你不是为我而画的,心里竟有些失落呢。"

"又是这般胡言乱语!"女孩嗔道。

"怎么就是胡言乱语呢?我说的可是真心话呢。"男孩扭过了头,不再看女孩。

沉默了片刻,男孩又开口道:"在我的家乡,人们更喜欢的是太阳,因为我们崇尚热情,把对生命的热爱与庆祝都融化在我们的歌舞中。来到中国,遇见你以后,我才渐渐懂得,原来月亮也可以如此美丽,如此让人惦念。还有那些柳枝,把月亮远远地隔开,就好像相识前的时光和相识后的距离把我们隔开一样;可透过柳枝看月亮,却愈发觉出她的美丽需要好好珍惜呢。"

女孩听了这话,神情突然间变得肃穆了。男孩看看身边的女孩,又看看天上的月亮,沉思着说:"美人会老,可美丽的印记总在爱人的脸上年轻着;就像无论是怎样的天气,月亮总会在暗夜守护着希望。对你的思念就是我内心所守护的希望。"

如果没有那一阵柔柔吹过的清风,男孩该如何解释女孩眼中那点灿若星辰的泪光?

萌萌已完全忘记了来时要讲的话,也是缠绵如此的思念吗?还是等待的哀怨与无奈?好像都是,又好像都不是。

终于脱口而出的是萌萌下了许久的决心:"可我今晚是想跟你说,我大三的功课很多,我其实并不喜欢政治,我不能再当你的同桌了!"

艾瑞克看着萌萌憋得通红的小脸,笑眯眯地说道:"如果当同桌很辛苦的话,那就不要当了!"萌萌刚轻舒一口气,又听艾瑞克慢悠悠地说道:"就请你做我的女朋友吧,你会得到很好的照顾!"

一听这话,萌萌的小脸变得更红了,她嚷道:"你别再胡乱说话了,我不会当你的女朋友的,我也不需要你的照顾,我会自己照顾自己的,你还是照顾好你的克莱尔吧!"

艾瑞克无语,只是专注地看着眼前的萌萌,想弄明白女孩的身上到底发生了什么。过了一会儿,艾瑞克开口道:"跟你聊聊克莱尔吧。"

萌萌不吭声,自己也不清楚到底是想听还是不想听这样的话题。

"克莱尔是我的表妹中最小的一位,也是最聪慧、最美丽的一位。她从小就喜欢我,常常跟在我的身后,我做什么,她就做什么。那时人们都说,克莱尔是艾瑞克的美丽的影子。"艾瑞克这样说的时候,眼神里有一种淡淡的惆怅,"后来,我离开家乡去法国读高中。毕业回国时听说,大人们已为克莱尔安排好婚事,对方是一个显赫家族的继承人。那个男孩非常爱慕克莱尔,一直苦苦地追求她。"

"那克莱尔自己呢?她怎么想的?"萌萌忍不住问道。

"克莱尔以为自己并不喜欢那个男孩,就故意说要先出国留学,让男孩等她一年。没想到男孩居然答应了。"

"原来如此。"听故事的萌萌不觉自语道。艾瑞克用疑惑的眼光看看萌萌,萌萌催促他接着讲下去。

"我们此番回国,男孩在去机场接我们的路上发生车祸,住进了医院,到现在还没醒来。"艾瑞克沉沉的语气中透出一份遗憾。

"怎么会这样?克莱尔心里该有多难过呀!"萌萌叹道。

"克莱尔留在了爱她的男人身边,她要等他醒来。她说,无论等多久,她都会等下去。"

萌萌呆坐着,克莱尔娇若羚羊一般的娇小身影在她的眼前跳动,那脆如风铃般的笑声隔空传来,在她的耳畔悠然回荡。一切恍如昨日,但今夜的克莱尔该是独守在未曾珍惜的人儿身边,默默忍受着痛悔与期盼的煎熬吧。

艾瑞克把沉默不语的萌萌拉近自己的身边,让她把头靠在自己的胸前,用手轻轻搂住女孩的肩头。

听见那年轻的心脏坚实的跳动,感受那宽阔的胸膛沉静的温暖,萌萌却忽然有了一种恐惧。她怕不知何时,她身边的鲜活的艾瑞克也会突然遭遇不测的风云。

不觉间,萌萌已拉住了艾瑞克的手,紧紧地攥着不肯放开。

艾瑞克的眼睛望着遥远的天际,喃喃地说:"如果有一天,受伤的人是我,你会心疼吗?"

萌萌真心地点头。

艾瑞克又问:"真的不能做我的女朋友吗?"

萌萌慎重地摇头。

艾瑞克终究没有追问原因。他只是与萌萌依偎着,轻轻哼唱起那首《驿动的心》。最后那一句"疲惫的我是否有缘和你相依",不知是唱给远方的克莱尔,还是此刻他身边的萌萌。

■ 四

大三的寒假过后,萌萌终于决定去看看她的朋友艾瑞克。

推门进去时,萌萌看到了艾瑞克略带忧郁的眼神。

没有寒暄,没有问候,艾瑞克张开双臂迎向萌萌,搂住她的腰,头靠在她的胸前,哑哑地说:"我好想你。"

在艾瑞克的怀抱里,萌萌第一次知道了,原来一个男孩的身子还可以如此温软。

深吸一口气,萌萌轻轻地挣开了身,去到床边坐下。她侧着头,看着一旁艾瑞克的脸,看得很认真。没想到,艾瑞克竟是比记忆中的模样更加英俊呢。

艾瑞克走上前来,眯起眼睛问道:"萌萌,你怎么了?为什么这样看着我?就

好像是第一次见到。"

"这么久不见了,可不是别后第一次见到吗?"萌萌微笑着,用顽皮的语气小心掩藏起自己的心事。

每一次见到萌萌的笑容,艾瑞克就会觉得他的天空里有了阳光,所有的阴霾都离他远去,他又可以欢畅地呼吸。他在萌萌身前站住,把双手搭在她的肩头。修长的身子微微前倾,黝黑的眸子闪闪发亮,轻如耳语的声音催眠了那一室柔光:"想你了,萌萌,一直在想你,只想你一个人。"

萌萌呆在了原地。听见自己的心儿狂跳,听见自己的热血奔流,却听不清艾瑞克缱绻的心声。

即使是萌萌呆呆的模样也会让艾瑞克着迷,让他心生怜爱。

这样痴痴地相望了许久,艾瑞克又幽幽地说道:"我知道,你不想我,是不是?"

萌萌被这个问题一下子惊醒。天知道她是常常都会偷偷想起的,只是这样的心事如何能够说出口。

见萌萌只是瞪大了眼睛看着自己,始终一言不发,艾瑞克突然间把他的脸埋进了萌萌的项间,墨玉般的肌肤有如夜火燃烧。

萌萌猛然间感到心跳急速加快,喘不过气来,好像马上就要死去。她心里想挣脱,身体却绵软无力,怎样也脱不开那致命温柔的怀抱。她急迫地叫了一声:"艾瑞克,放手吧!"

艾瑞克停住了,缓缓放开了手,黯然重复道:"放手?"

萌萌用尽量和善的语气说道:"咱们坐下吧,好好说会儿话。"

艾瑞克并不坐下,而是转过了身子,开始默默地为萌萌沏茶。

或许因为那是新茶,或许因为那日泡茶人和品茶人的心境,萌萌第一次留意到茶香中的那份青涩。

饮过茶,两人肩并着肩盘坐于地。萌萌告诉艾瑞克,自己同宿舍的女生刚刚过了生日,收到好多漂亮的花,让人看着都羡慕。想到艾瑞克的生日是在春天,萌萌问:"艾瑞克,等你过了今年的生日该有多大了?"

艾瑞克眨眨眼,说:"三十。"

"骗人!"萌萌不满地叫道。

"你真想知道吗?"艾瑞克忽然认真起来。

"嗯。"萌萌点头。

"为什么?"艾瑞克追问。

"不为什么。因为我想知道呀。"萌萌回答得理所当然。

"好,那咱们吻一次,我就告诉你。"艾瑞克说得一本正经,无法分辨他是否在开玩笑。

"不行!"萌萌正色道,"那我不问你了。"

屋内一阵沉默。艾瑞克垂下了眼睛,呆呆地看着暗红的地毯。

感觉不安的萌萌试图打破僵局,问道:"艾瑞克,新的学期你可有什么打算?"

艾瑞克冲口而出:"我打算找个女朋友。萌萌,我们试着交往吧,可以吗?"

艾瑞克说这话的时候,抬起了头,紧紧地盯住了萌萌的眼。萌萌在那双眼睛中看到了似水的柔情和炽烈的渴望。真奇怪,这个大男孩的身上总有一种令萌萌心动的热情。

"不,不行,艾瑞克。我已经回答过你了。"这次轮到萌萌垂下了眼帘,有些急促地答道。

"只做朋友,不愿做我的女朋友,是吗?这就是你的心意吧?"艾瑞克执拗地要求一个确认。

萌萌点头,不无遗憾地想到,或许艾瑞克再不想要她这个朋友了,不觉轻叹了一口气。

不知怎的,艾瑞克的头已靠在了萌萌肩上,委曲地问道:"狠心的萌萌,你的心意就不会改变吗?"

萌萌不作声。她自己也问自己这个问题,但她找不到答案。

"我想哭。怎么办……我想哭。"艾瑞克无措地低语着,头埋得愈加深了,滚烫的泪水渐湿了萌萌柔弱的肩头。

萌萌心痛,任由艾瑞克默默地趴在她的肩头。

过了许久,感觉他平静了些,萌萌心疼地拍拍他的背,柔声问道:"艾瑞克,你为什么这么伤心呢?"

艾瑞克无奈地叫了一声:"狠心的萌萌!你真的是什么也不懂!"

看到艾瑞克眼中的伤痛,萌萌怯生生地说:"我知道是我拒绝了你,让你伤心了。可是,你我之间毕竟什么也没有发生呀,你该不会因为我就伤心成这样子吧?"

"如果说什么也没有发生,那么我们一起共度的那些时光、我们相处的点点滴滴、我们彼此之间的惦念又算什么?"艾瑞克声音里的沉痛惊到了萌萌,她感觉自己像个无意间闯了祸却无力补过的孩子。

"对不起,艾瑞克,你别生气了,我知道自己不太会说话,请你原谅我吧。看到你难过,我心里也很不好受呢。"这一回,萌萌的声音里已隐隐有了哭腔。

艾瑞克终究不忍,不再作声。萌萌看出艾瑞克的体贴,心中很是感激,忍不住又语重心长地说:"艾瑞克,你来中国留学最重要的就是多学一些本领,以后也好为你的国家、你的家族多做些事情。"

"可找一个好的人生伴侣也很重要呀!"艾瑞克毫不留情地打断了萌萌的大道理。

"就算找了女朋友,你一年后就回国了,你让她怎么办?"萌萌杞人忧天地追问道。

"如果她还没毕业,我就等着她毕业,然后我们就结婚。我可以带她回我的国家,也可以带她去她想去的国家,又或者……"艾瑞克的眼睛专注地看着萌萌,郑重地说:"可以留在这里,在中国上班。"

听艾瑞克用了"上班"这个词,萌萌觉得很是可爱,一时忍不住竟笑出了声。

款款深情被如此辜负,艾瑞克热切的眼神黯淡下来,变得落寞,哑着嗓子说:"萌萌,不管你有多狠心,我还是喜欢你。"

"那你可不可以试一试,试着少一点喜欢,就让我们回到当初,回到做同桌时单纯的快乐。我无法报答你的情意,也不想让你伤心,更害怕失去你这个好朋友。"萌萌真心真意地说道。

"这么说,萌萌,在你的心里,还是有一点点在乎我的,对不对?"艾瑞克的眼眸渐渐地又恢复了神采。

萌萌认真地点了点头。

"可是,我想我再怎么努力,也回不到当初了。我的心已经爱了,就回不了头了。"艾瑞克轻轻自语着,不觉间已经捧住了萌萌的头,把自己的唇缓缓靠了过来。

萌萌用哀痛的眼神盯着艾瑞克,恳求道:"艾瑞克,请你放开我。"

艾瑞克不动,忧伤地俯视着萌萌,声音颤颤地说:"你要生气了,是不是?你又要生气了,是不是?"

"艾瑞克,请你放开我。"萌萌又重复了一遍。

艾瑞克不动,他舍不得。萌萌默然推拒。艾瑞克发出一声深深的叹息,松了手。

屋里很静。萌萌那句"我走了"很是刺耳。

萌萌换好了鞋子。萌萌穿上了来时的那件大红的毛线外套。

艾瑞克一直倚窗而坐,看着萌萌的每一个动作,没有说话。

萌萌带上了门。

门关上的那一刻,萌萌看到艾瑞克眼角一滴晶莹的泪在昏黄灯光下孤寂地闪烁着。

五

　　初春的湖边,艾瑞克独自坐在长椅上透过柳枝看月亮。

　　不知何时,一个俊俏的身影静默地投在了他身前的草地上。惊觉之下,蓦然回首,艾瑞克看到了中国同学萌萌的笑容,纯真、羞涩、顽皮。

　　萌萌像是鼓足了勇气,开口道:"我的同桌,你好吗? 我可以在你的身边坐下吗?"

　　艾瑞克回转身,面对湖面,淡然应道:"既是同桌,想坐就坐。"

　　女孩刚坐下,艾瑞克又开口道:"以后别叫我同桌了,因为我们久已不在课堂上见面了。"

　　"是呀,有人不仅上课迟到,而且今天还翘课呢!"萌萌一边晃着脑袋,一边发出嘿嘿的冷笑,表达她对翘课生的鄙视。

　　艾瑞克的肩头动了动,什么也没说。

　　"不过呢,有的同桌就算翘课,就算狠心,也还是让人惦念,所以,作为三十岁老同学艾瑞克先生的生日大礼包,萌萌小姐正式宣布复出,做艾瑞克同学政治课的同桌!"

　　话音未落,萌萌已被一个狂热的拥抱堵住了嘴。

　　"不许再说了! 接下去,不知你又会说出什么煞风景的话来! 不许反悔! 不许食言! 不许在我能够离开你之前,再让我见不到你!"艾瑞克一边放着狠话,一边把萌萌箍得更紧。

　　这样的拥抱让萌萌明白,她的同桌已经恢复了活力。

　　月亮很大、很圆,两个人肩并肩坐着,很宁静、很甜美。艾瑞克觉得空气中都弥散着幸福的味道。他双手合十于胸前,感慨地说道:"今天真是一个幸运的日子呢! 找回了我最心爱的同桌,也得到了最心爱的妹妹的消息。"

"克莱尔吗？她还好吗？"萌萌急切地问道。

"嗯，她很好。她今天专门给我打来电话，祝我生日快乐。她说，爱她的那个男人已经醒来了，正在快速地恢复着。她的心也爱上了，她很幸福！"艾瑞克一边说着，一边转头遥望夜空，仿佛要把所有的祝福都送给远方的克莱尔。

忽然，艾瑞克收回了目光，笑吟吟地从长椅下拿出了两瓶啤酒，熟练地打开了盖，递上一瓶给萌萌，自己手里握着一瓶，对萌萌说："来，为我们的同桌之谊干一杯！"

"等等，你什么时候开始独自喝酒了？"萌萌问道。

"独自想你的时候。相思的酒只有独饮才有味道呢。"艾瑞克半开玩笑地回道。

萌萌无语，和艾瑞克碰了碰酒瓶。

艾瑞克看着不安的萌萌，对她说："那天你走后，我确实痛苦过，我只是要求自己无论怎样思念，都不要打扰到你的生活。刚才我在想，不是所有的情感都要转变成彼此的爱情才叫完美。我们还年轻，认真经历生活，经历感情，学习什么才是真爱，这是我们每个人的权利，也是我们每个人的功课。克莱尔学会了什么是珍惜和牵手，我学会了什么是尊重和放手。"

萌萌痴看着月下宁静至美的艾瑞克，感觉自己的心被情感的浪潮瞬间吞没了。她已无法思考，无法言语，甚至不知道自己是想哭还是想笑，是想触摸那光洁的面庞还是想握紧那修长的手。最终，她只是握紧了手中的酒瓶，豪迈地一饮而尽。

艾瑞克看着脸颊绯红、双眸晶亮的萌萌，看着她的石榴红的长裙和瀑布般的黑发在微醺的夜风中如精灵一般舞动，忍不住望向夜空，对着月亮举起了手中的酒，然后仰头一饮而尽。

拿过了身边的吉他，凝视着自己心爱的女孩，艾瑞克拨动着琴弦，深情地吟唱："把我的伤悲、我的愁轻轻注入你眼中，将我的快乐、我的痛斟进你手中酒；把你的希望、你的梦慢慢靠在我怀中,将你的失落、你的苦一杯一杯敬我……"

迷上了忧郁王子的情歌,迷上了深情如斯的寂寞,迷上了初春清凉的夜晚,女孩的心迷醉了。

当艾瑞克唱到最后"别让我一个人醉,别让我一个人守"时,两人在歌声中、在月光下微笑着泪眼相望。

■ 尾声

留学生毕业典礼上,艾瑞克作为优秀学生代表上台表演节目。

宝蓝的 T 恤、水洗的牛仔、黑色的风衣,英气逼人的艾瑞克怀抱吉他微笑着,动情地唱了一首自己写的歌:

> 当光阴如风吹老我容颜,
> 当月华似水撩拨我琴弦,
> 当我终于忍不住远远地、
> 偷偷地静静地将你思念,
> 你可知,
> 那不是岁岁新茶的青涩,
> 是怡然独饮的心醉年年。

台下的萌萌望着那个曾和她一起透过柳枝看月亮的男孩微笑着,她知道,有一段缘分圆满了,大家又要各自上路,带着彼此的祝福,带着两人的约定——无论是否重逢,此生永不相忘……

阿兰买驴 >

不见阿兰已经很久。

偶然间,听法国朋友们在网上谈起,退休的阿兰新近买的宠物——一头灰色的驴子!

一向老成稳重的阿兰何以会想起去买头驴呢?悄然而起的好奇小虫般咬啮着蠢动的心,于是,我忍不住向朋友们发出了探询的帖子。

"我有话要说!"阿兰的邻居兼旧日学生、刚满三十岁的热拉尔最先回应,"阿兰买驴那是成心捣乱。天还没亮呢,他家驴子就上班了,扯着嗓门喊,还喊不成个调。顺了风向传开来,五里开外都听得实实落落。天天被驴子叫早,郁闷!"

屏幕前的我看到这里早已忍俊不住,热拉尔的控诉却还在继续:"前两天,我实在憋不住了,就带上我家大狗去阿兰家投诉。那驴子着实是个厉害的角色,老远瞥见我俩,也不做

声,待我们走得近了,却突然间仰头向天,立地一声吼,硬把我家大狗吓得一哆嗦,说啥也不肯上前了。阿兰见了,欢喜得不得了,居然赶忙跑去拿了半笸箩胡萝卜,一边喂驴,一边还偷偷摸摸地喊'干得好!'"

"晕!"我一边大声地自言自语着,一边兴奋地把一幅老顽童的图像在脑中摆弄个不停。

难以想象,温文尔雅的阿兰竟有如此顽皮的一面。在我的印象中,阿兰教授永远是西服笔挺、不苟言笑的。或许一个人在人生舞台上以某个社会人的角色谢幕后,总会或多或少释出某种本真的性情。又或许阿兰身内那个长不大的小男孩被压抑了太久,及至阿兰退休,突然间少了拘束,便迫不及待地跳出来要自在玩耍一番了。

对于热拉尔的遭遇,我原本是想聊表同情的,可不知为什么,未及敲字,窃笑不已,所以,那些虚伪的安慰话也就迟迟没有编出来。

正在心里不过意呢,又收到一个窗口抖动,是我兄弟大卫发来的,他是阿兰多年的好友兼同事。大卫颇为得意地写道:"波莉娜,我告诉你阿兰为什么买驴吧,那是为了一种心理满足啊。"

"不就一头小毛驴吗?也能带给人心理满足吗?"我很是不解。

这么多年来,大卫早已习惯了我那些没完没了的问题,一如既往地显示着他的耐心:"你知道的,阿兰家有一片很大的麦田,他总是开着联合收割机去打理。那机器可是个庞然大物,阿兰高高地坐在上面,很快就把田里的事搞定了。"

我立刻想起自己受阿兰之邀,威风凛凛地坐在副驾位置上,陪他田间收麦的经历,当时感觉确实很爽。可这些和小驴子又有什么关系呢?性急的我忍不住追问道:"然后呢?"

大卫不慌不忙地继续他的讲述:"有一次,我夸阿兰能干,他却不以为然,说了一番出我意料的话。"

接着,屏幕上显示出大卫引述的阿兰的话语:"等我退了休,买上一头小驴子,后面再拉上一辆小拖车,我就坐在拖车里吱吱呀呀、晃晃荡荡地巡视我的麦田,那才是真正的生活。太阳照在身上暖和和的,风吹麦浪能把人都淹没了。就这么一圈转悠下来,该会觉得时间很多,多得花也花不完;领地很大,大得看也看不到边吧……"

随着大卫轻敲键盘的节奏,阿兰赶着小毛驴乡间劳作的画卷便漫溢着诗情与哲思在我的想象间静静铺展开。当效率意味着机器对人的异化,当科学的进步取代自然的陪伴,当奢华成为红尘中茫然痴心的追逐,竟还有一个阿兰会满足于一头小毛驴带来的安宁与惬意。

不知怎的,感慨之余,我的思绪便也在那阳光与清风中飞扬起来,依稀又见童年。江南的红壤与翠竹、玉米地里的粉蝶与桃花林中的细雨,所有可以慢慢消磨的岁月与悄悄期盼的未来,一直都在心底,不曾走远。想来,那份人类记忆深处的宁静应是赤子之心一生的滋养与回归的方

向。

　　另有一份解释来自阿兰的夫人，带着女性特有的温情：乡间大院，草长人稀，总得有生灵看护。家中的牧羊犬很老了，跑不动了。阿兰说，若再买一只青壮的狗回来，老狗免不了会伤心。而驴子的警醒不亚于狗。于是，便有了这份买驴的心思。

　　阿兰家的狗我是识得的，已经有十一二岁的年龄了。那是只纯种的牧羊犬，性情温顺友善，一双细长的大眼睛总是润润地看着你，仿佛在诉说一种柔柔的幸福。阿兰最初收养狗狗的时候是否与他的狗狗之间有过约定，我不得而知，但那份众生之间的默契与忠诚却是单纯而动人的。

　　那么，在阿兰自己的心中，有着怎样的想法呢？阿兰在回复我时，他的笔触充满深情："小时候第一次去赶集就是骑在驴背上，知道了什么是生命的欢欣；后来，初到非洲时迷了路，又是一只不相识的小毛驴载我回村，给了我坚守的勇气。在我的心中，小毛驴是一座桥梁，连接起孩提时代的快乐与青春岁月的奋斗、故土的温馨与他乡的风情。人生的晚年，越是走得远的记忆就越清晰，越是走得急的幸福就越想抓住。我只是想让自己慢下来，和着小驴车的节奏，在这个步步皆新的当下徜徉。"

　　阿兰买驴引出许多迥异的思量。在各种思量中，人们找寻生活的意义、本真的自我，感动于点滴的真情，追求着和谐的共处，与自然之间、与其他生灵之间、与自我之间……

　　可是，那只小驴子是否也有自己的追求？它是否会有对晨曦中满坡青草的回忆，对磨坊里面粉香气的憧憬，对追随身旁的年轻公驴的渴望？它是否愿意在看家护院的职责里顺承一份原本属于牧羊犬的命运？

　　对小驴子的关心很快就在现实生活的琐碎中被淡忘了，直到有一天从网上得知阿兰的驴子生了驴宝宝，我便激动地央求大卫拍几张灰驴母子的照片。大卫回我说："拍不成了，刚出生不久的驴宝宝被人领走了。"我听后不知为何心里空落落的。

　　体贴的大卫大约是注意到了屏幕另一端的沉默,竟在几天后发给我一段视频。画面上,阿兰的驴子起卧不定,时而摇头甩尾,时而响鼻刨蹄,身下竟刨出一道深深的沟痕。疲乏了,就地打个滚,然后半卧于地,轻轻摇着尾巴,双目紧紧盯着栅栏门外的远方,泪眼汪汪;看累了,缓慢地眨下眼,发出"沟嗯"的呼唤,声音凄凉。

　　生活仍在继续,热拉尔再也没有抱怨过驴子的叫早,听说驴子的悲伤也已经过去。

　　后来,大卫又发来一段视频,画面上阿兰正把一根胡萝卜喂进驴子的嘴里,明显长了膘的驴子深情地望着主人,轻轻摇动着尾巴。随后,阿兰打开了栅栏门,小驴子便欢快地跑进了草场的晨曦中。清风里,阿兰看着驴子的背影在微笑。

阿兰的故事 >

初见阿兰时就感觉他应该是个有故事的男人。至于原因，自己也说不甚清。或许是因为在他温和清澈而又稚气十足的眸子深处看到了某种"人在远方"的游离。

后来听说，阿兰退休后竟买了一头小驴子做宠物，惊讶之余写就《阿兰买驴》一文。其后，我一直未能再见阿兰，而守信的阿兰却通过网络电话如约向我讲述了他和小驴子的故事。其实，严格意义上说，这不是故事，而是一个人用飘散零落的记忆串起了他的青春岁月。

■ 一、清晨的小毛驴

有一种缘分是难以言表的，它来自记忆的最深处，却在人最脆弱的时刻,把所有久远的意象所能带来的亲切都一股脑地翻腾起来,让一颗孤独的心有个着落。年轻时因了一些人、一些事而烙下的印迹,到了夕阳向晚时,愈发温柔地横梗在被岁月打磨得平实圆润的心中。

阿兰从不曾想,1970年的夏季,农业大学毕业后人生的首站,竟是遥远的非洲荒漠。离开柔情万种的巴黎,降落在马里首都巴马科机场时,太阳光如一根根热辣辣的金针,直透肌肤,树荫下的温度高达四十三摄氏度。接下来是广袤荒原中四百公里的跋涉,阿兰见到蜣螂拱着粪球奋勇前行,巨型蝙蝠尾随着他们的车子盘旋不已……

非洲乡村的第一夜,牛蛙的鼓噪声震天动地,难以入眠的阿兰起了思乡归家的念想。于是,披衣而起,在暗夜下的荒芜里游荡,像一粒风起时吹扬的种子在风息时坠落。阿兰怀疑自己或许是迷路了。

眼前如水月光中的苍茫绝不是当初自我许诺的蓝图,那曾经有着丰润的青蓝与翠绿的梦想,开始在陌生土地上蜕变成黑与白的静默。空芜的期盼与寻觅中,疲惫的身影渐行渐远,霞光初照的清晨才惊觉远处村落的轮廓悄然已逝。

所以,当远方那只小小的、小小的毛驴映着晨曦,拖着那古旧的木轮车和车上金灿灿的一堆稻草奇迹般出现在阿兰饥渴的视野里时,心中满涨的快乐便让他飞奔起来。

阿兰想起了童年,在自小长大的村落,第一次被一只小毛驴驮负着,穿过熙攘的人群,看见大人的笑脸,听见孩童的欢歌。他曾贪婪地用小手不停捶打那小生灵,叫它快些、再快些,带他看一看身外的花花世界。小驴子不曾有丝毫着恼,只是安静地陪他去每一个他想要去的地方。就好像眼前的这一只,老友般停在他的身畔,只等他坐上吱呀作响的木轮车好载他回家。

一路上,阿兰看到不曾干却的晨露在小驴子的毛发间闪亮,车上的稻草发出阵阵清香,而远方的村落已是炊烟袅袅。

那一刻，阿兰决定留下来。

二、重逢奥雷

阿兰回想起来，当初接受非洲之行，该是出于一份使命感吧。

作为法国农业专家，阿兰参与了一项在非洲进行水稻种植的研究计划，同时涉及化学除草、新品种培育、农业施肥等对于当地农业发展非常重要的课题。那是一份艰苦的工作，需要常年做大量细致的调研，深入田间地头，以获取第一手资料。非洲的荒漠里，气候和交通条件都很不好，需要不时面对酷暑暴雨、蚊叮虫咬、荆棘挡道，还有那份会在人最不防备时突然袭来的孤独。困境之中、孤独时刻，信仰和责任是一切坚持的原动力。当自己研制的水稻新品种在非洲国家被广泛种植时，内心的欣慰、喜悦与自豪便是对一切艰辛的最好补偿。

纯朴好客的当地人总是尽其所能地报答帮助他们的人。于是，阿兰被安排住在一座壮观的殖民地建筑里，自1960年马里独立以来，这里就被闲置不用了。房子很大，但缺少现代化生活的便利与舒适，阿兰每月会专门去很远的地方与巴黎的家人通一次长途电话。

那段岁月里，有一个人曾带给阿兰许多贴心的关照，那就是与当时的马里总统同名的、阿兰的专职厨师特拉奥雷。清清瘦瘦的奥雷是少言寡语之人，但他心思细密，人也勤恳。平日里奥雷常做些可口的西餐寥慰阿兰的思乡之情，遇到机会，也会弄些当地风味菜给他吃：比如偶尔有单峰驼被撞了，他就给阿兰做骆驼肉吃；若有朋友抓了蛇，他就弄一餐蛇宴；遇到自己家里改善生活时，他还会给阿兰悄悄捎来一份油炸白蚁……

阿兰回到法国后，随着时光的流逝，味蕾的记忆逐渐淡漠，只是在某些个独处的时刻,还会偶尔想起非洲老友的模样,一言不发地、温和体贴地看着自己。

三十年后,当阿兰旧地重游时,往日的点点滴滴便在瞬间苏醒,如雨后出芽的小草,把尘封的记忆都染上了绿绿的生机,重逢老友的心愿也在瞬间涨满胸臆。毕竟是三十年的音信隔绝,找人绝非易事,又或许物是人非也未可知,难免徒增感伤。

正踟蹰间,突然有一位身材高大、皮肤黝黑的小伙子站到跟前,对阿兰说:"朋友,尼日尔河三日游,自己的小渔船,价格很便宜的。"小伙子的报价倒还算得实在,但也不是如他自己所说的那样便宜。阿兰想了想,便说道:"我有一个条件,如果你能帮我找到一个人,我就答应上你的船。"

小伙子忽闪着一双大眼睛,盯了阿兰半天,半信半疑地问:"就这个条件?"阿兰点头。小伙子出口长气,信心满满地说:"没问题!告诉我名字吧!"阿兰说:"我要找的朋友叫特拉奥雷。"小伙子听后摇了摇头,一脸为难的样子,"我们马里人名字叫奥雷的可多呢,不知道你的奥雷是哪一个?"阿兰便做了一个简单的介绍。小伙子听得很用心,很快又恢复了那信心满满的样子,拍拍自己的胸脯,对阿兰说:"你放心,包在我身上。你千万别走,就地等好信吧!"阿兰急忙追问道:"大约要等多久?"小伙子答道:"不出一小时!要等我啊!千万别走开!"他边说就边跑了起来,说到最后一句时,身形已在几米开外。

在既没有寻呼机也没有电话的村落里,口口相传也能创造奇迹。一小时后,当奥雷清癯的身影猛然出现时,阿兰在老友热切的眼神里看到了那份不曾改变的情意。

本就不善表达的奥雷一时间不知该说些什么,只是反复念叨着:"真是阿兰!阿兰来看我了,阿兰来看我了!"阿兰紧紧地拥抱了老友,发现他那细密卷曲的头发已被岁月漂洗得稀疏而斑白。

两人肩并肩一起散步,去了阿兰以前的办公室。那是多么熟悉的平房啊,当年关不紧的木门依旧半掩着,而走廊上的小黑板也依旧歪斜着。当阿兰发现,黑板上的最后一行粉笔字竟是三十年前的雨量数据,竟是自己的笔迹、自己的签名时,他的心中感慨万千。恍惚间,仿佛时光在这里驻足,一切都不会老去。细细想来,时光是留不住的,就像年轻的奥雷总要白头,而遗憾的是再没有一个年轻的阿兰在这里留下他的青春和热情。

■ 三、部长与村长

对于阿兰来说,在非洲,有个不可不去的地方,那就是象牙海岸。去到那里不仅是为了观光,更是为了见人,见一位老友——阿尔伯特。

阿尔伯特是阿兰的大学同学。在校读书期间,他就给阿兰留下了很深刻的印象。一般来说,非洲同学比较热情奔放,好动、好玩、好热闹。可阿尔伯特很不一般,他为人谦和低调,埋头读书,尤擅理科。话语不多的阿尔伯特非常有礼貌、有教养,他那略带羞涩的微笑就像阳光一样温暖。毕业回国后,年轻的阿尔伯特凭借自己的学识、勤恳和能力,很快就当上了象牙海岸的农业部长,后来又经常代表自己的国家参加一些国际性组织,成为一个颇受关注的公众人物。当初那个从不张扬的学生变成了日后的政治家,表面上看来有点出人意料,但仔细想来,也是情理之中,因为在他的身上始终显露着敦厚、坚韧的大气度。

当了部长的阿尔伯特不是那么轻易就能见到的,他有着秘书们为他安排好的时间表,要见面是需要经过正式预约的。但是,要见当村长的阿尔伯特可就方便许多了,只要去他的小村庄直接去找就好了,不过,一定要在周末。

周末的时候,放下部长身份的阿尔伯特会专心扮演他的世俗角色——村长。根据莫西人的传统,他是小村庄里受所有人景仰的尊者。每逢周日,村里那棵古老的猴面包树下,一袭长袍的阿尔伯特正襟危坐,代表着秩序与公正,裁定着一切是是非非：年轻人要喜结连理，无需叩拜天地，只需获得阿尔伯特的祝福；一对夫妻要劳燕分飞，也无需繁复的程序，只需阿尔伯特的首肯即可各获自由。到访小村的外乡人，首要之事就是拜访一村之长，否则会因为礼数不周而遭遇全体村民的抵制。而村民们自己在见到阿尔伯特的时候，竟会跪拜于地，脸上是一副既欢喜又虔诚的神情。

村民们的拥戴是有缘由的。村里不少人根本没有固定经济来源，到了缺吃少用的时节，就会在某个周末，往村长家走上一趟，诉诉苦。很快，村长就会派人送来一份生活补贴，那是从他个人的部长津贴里拿出来帮助大家的。这样的事对于村长和村民来说都早已习以为常，给钱的人和拿钱的人都很坦然。

除了这些或许并不起眼但却积少成多的贴补之事，阿尔伯特还为村民们做了一些无愧于部长级智慧的大事情。他曾利用个人的学识和影响申请到国际基金援助，为村里建起了水库，彻底解决干旱蓄水问题。从此，村民们得以种植果蔬，基本温饱便有了保障。

无论部长的公职如何繁忙，地位如何显赫，在阿尔伯特的心中自己的村落永远不会被淡忘。

阿尔伯特在村中居住的大房子非常简朴，但作为身份的象征，他的房子是由混凝土制成的，而村中所有其它的房子都是用土坯搭建的。这是一处令人向往的住所，简洁而宽大，却并不让人感觉清冷，因为这里有着喧闹的人气和浓浓的爱意。除了常来串门的村民、族人、朋友，家中还有一大群孩子，因为阿尔伯特不时会把一些在街上流浪的孩子带回家中，收留他们，让他们帮助做一些简单的家务活。

终于有了吃住的地方，孩子们的脸上便荡漾起明显满足的笑容，脚步也是轻轻快快的。而他们最大的快乐，就是在工作闲暇的时候，踮起小脚丫，趴在走廊的那扇玻璃门上，睁大眼睛窥看客厅里电视机一闪一闪的画面。

当别的孩子们都在盯看电视的时候,阿兰曾看见一个十岁左右的小男孩,透过厚厚的墙垣,侧耳倾听着隔壁小学校里孩子们的琅琅读书声。他一边打扫着场院,一边悄悄地背诵着听来的功课。

身为一村之长的阿尔伯特对阿兰说:"这个孩子,日后我要让他读书。我们的国家需要受过教育的孩子和年轻人。"

四、村落中的孩子

阿兰走访过非洲不少地方,有一个普通的小村落令他难忘。

那是北非邦迪尼亚拉大悬崖下一个数百人的不大不小的村落。每至夜晚,一村老少便聚集在村中的小广场上,听那全村唯一的一台录音机播放着唯一的一盘磁带——非洲著名黑人歌手阿尔法·布隆迪的专辑。

无灯的夜晚,点亮夜色的是阿尔法阳光般热情洋溢而又温暖感人的歌声:"瞄得更高些 / 改变你生活 / 明天属于你 / 迎接那挑战 / 我们还可以 / 我心深信之 / 开辟新帝国 / 为明日孩童 / 握于你掌心 / 世界之钥匙 / 开启命运门。"

当全村老少和着跃动的旋律,扭动灵活的身躯,在各自的心中描摹出希望与梦想时,整个村子沉浸于对生命的庆祝。不需要风和日丽,不需要风调雨顺,甚至不需要丰硕的收成,生命的庆祝无需任何理由,活着本身就是一种美好。

月儿缺了又圆,圆了又缺,月光下是数载不变的欢欣与沉醉。从没有人担心过,录音机坏了会怎样,磁带坏了会怎样。对于上天所赐予的欢乐,他们安享着,满足着,别无挂念,别无他求。

如此月夜,曲终人散后,便是各家各户的床弟之欢。经历了纯朴而自然的愉悦,就有了开枝散叶后的丰收。如果说,一切都是如此自然地生发,像春风催生的小草必须经历野火、惊雷、干涸的洗礼,那么,那些自然之子也必得经历战乱、饥荒和病痛的考验。壮年们在劳作中繁衍,儿童初长成,而年长者并不都很长寿。

就是这样一个散落大地、默默无闻的村落,也自有它的魅力,自有它生存的道理。一些外国游客选择吃住在当地,只为体尝除了大自然外一无所有的生活。而旅游的收入竟然让这村落得以建起土坯房和小学校。

每天清晨,大人们会离开自家的土坯房,去远处耕耘那一小片、一小片的土地。路程是用小毛驴的脚步丈量的,一来一回需四个小时。尽管小毛驴的步速比大人们要缓慢,但它既是任劳的驮运者又是无怨的陪伴者。

每过两年,由于夏季季风带来的暴雨和洪灾的破坏,土坯房都会有坍塌的危险。所以,村民们一个长期性的工作就是在自己村庄的旁边,建起一个新的村庄以备不时之需。当旧的村庄被完全摧毁时,他们就毫无怨言地搬至同样简单的新家……

在村落的概念中,聚居生活中的相伴相守才是最重要的。一位当地的小学教师闲谈时告诉阿兰说:"我的班上有一百名孩子,确实有那么一点点多。"他这样说的时候,并没有多少抱怨,很认命的样子,脸上依旧挂着笑容,甚至带着那么一点点的骄傲。阿兰问他到过的最远的地方是哪里,他说是二十公里开外的另一个村落。

后来,某一个夏天的午后,阿兰遇见了这位教师的一名学生,一个十岁的孩子。他正在自家屋前的树下安静地准备功课。一本历史久远的法语教科书,一篇不曾被更换过内容的报纸摘抄,讲述刚果的首都布拉柴维尔,那里的楼房和开满鲜花的街道。于是,孩子的困惑一开篇就接连不断:楼房是什么?鲜花是什么?阿兰就花了很多时间向孩子描述小村庄以外的大世界。

孩子非常认真地听着,一双黑白分明的眼中满是问号和惊叹号。课文通篇读完后,孩子坚持要把文章摘自的报纸和作者名字也大声朗读出来,以为那也是文章内容的一部分。预习完功课,孩子对自己非常满意。他对阿兰说:"我要好好读书,长大以后要去法国。村里没有办法,在巴黎有办法,可以做些事情。"

孩子一边说,一边微笑地看着阿兰,神情中有着一种与其年龄不相符的庄严与宁静。

看着这十岁的早熟的小人儿,阿兰只有一个念头,祝福他能够平平安安地长大,长成大人,不要生病,不要遭遇天灾人祸。那时,他就真的可以去巴黎找办法做点事情了,或许还会是一些惊天动地的大事情。

五、尾声

作为对我的交代，阿兰讲了最后一个关于小毛驴的故事。

那是一个夏季的傍晚，阿兰正在田间做实验。突然间，听见了随来的小毛驴的叫声，声音急促不安。阿兰停下了手中的活，回头看那驴子，见它一下子向自己窜了过来，并且翻腾起它的蹄子。阿兰吓了一跳，下意识地一躲，很不满意地骂了它一句。小毛驴并不走开，在阿兰身边继续用蹄子使劲地踩来踩去。阿兰又骂了它一句。小毛驴突然间停下了，抬眼看着阿兰，眼睛里好像有很多的话要说。接着就又低下了头。阿兰向它低头的方向看去，只见一条长长的毒蛇已经被驴蹄踩得稀烂……

阿兰的叙述到此，便不再继续。

我说，这样的人生讲述不很像故事，倒像一篇散文，闪亮的串珠映射着生活的真谛。

阿兰说，如散文的人生是淡淡而抒情的，如故事的人生是动荡而多变的，真正荡气回肠的却是平凡生活中不平凡的心灵体验。

午夜烟花

多年以前,一个夏末秋初的傍晚,从圣马力诺驱车前往罗马时,清风乍起,薄雾将歇,落辉满山。如斯画卷,看得人满心的不舍。

先生体贴地慢了车速,悠然道:"美景步步有,且待一路行……"这样的应景诗句算是言简而意深了,倒也难得,我冲先生微微一笑。先生甚为得意,进而蛊惑道:"我们加油,今晚在伟大的罗马城进餐!"先生的话音未落,我早已巴掌拍得山响,两人不禁相视而笑。

纵使欧洲的夏日天长,这会也已是暮色冥冥。我放眼前方苍茫的远山,看不清脚下漫漫的长路究竟引向何方。一旁的先生安慰说:"放心吧,我是认得路的,断不能搞错。"

是啊,应该不会错吧。但是,何以转过了一山又一山,车迹渐稀,到最后只有一轮明月相随。那是怎样一轮圆月呀,如此清冷、凛冽,仿佛从不曾落过,就这样一直照着照着,把一代又一代的行路人照老。月色沧桑,心意迷茫,来时路已远,归去路还长,惶惑间微寒与饥渴悄然袭来。

为了鼓舞士气,先生便开始考问我当年他悉心亲授的拉丁文课,考问的结果是师徒二人都平添了一份无奈的挫败感。于是,话题一转,从当初的校园相识聊到后来这许许多多一起走过的日子,忽远忽近的记忆编织成一支摇篮,用丝丝环扣网住了所有的感知,在异国生冷的夜色里轻轻摇荡,柔柔的、暖暖的,让人不觉想要安然睡去。

时近午夜,我们已确知自己迷路了。

突然间,清亮的嘶鸣声破空而来,紧接着一簇耀眼的光亮升腾而起直冲九霄,在天际开出一片片绚烂的烟花。先生忙在路边停下车,拉着我的手,坐在半高的石墩上,并肩看那午夜奇观。

天穹是高远而深邃的,青蓝得厚重且神秘。烟花开处,深沉的天光立时变得清透而柔和,仿佛冥冥中一份欢愉正欣然弥散。苍茫夜色中,山脚下一处小村落在忽明忽暗的光彩中生动着,而更远处,古老城池的斑驳身影已依稀可辨。

博学的先生告诉我:"烟花是信号,是村落里信奉原始宗教的当地人点放的,乃是对上天的致礼。我们离伟大的罗马城已经不远了……"

"条条道路通罗马!"终于,那句曾经烂熟于心、后来却被渐渐淡忘的拉丁文脱口而出。看那漫天的烟花何尝不是敬天的心香一瓣。每个人的心中都有一座罗马城吧,而相通的绝不仅仅是尘世间通达的街衢与道路……

那一刻,明白了,生命中有些邀约是不容忘却的,总要你跋千山、涉万水,错过几许喧嚣、漂白几许铅华后,才会在人生的某一个峰回路转处、某一个月照归人夜与你相遇。那一刻,才知道,生命的感知是最生动的,相遇就是最美,而这一世与你牵手走过滚滚红尘路的人,该对他们有怎样的感怀。

那时我想,这一生无论有怎样的错过,我都不会停下前行的脚步,都会耐心地等待这一世如约而来的人和事,等待每一份午夜烟花般的惊喜与奇迹。无论是意气风发的青春年少,还是长发如雪的沧桑暮年,怀一颗爱心,步履轻灵,一路高歌。

原以为,午夜烟花只是可遇而不可求,原以为,一路的错过自有缘由而不会让我心痛。然而,多年以后,当我步步跌倒、事事软弱,在死荫幽谷的最深处、在人的尽头,我又再次看到了照亮生命的午夜烟花,那是这一生最美的祝福。

于是,忘却背后罗马城的繁华,凭信心走那旷野之路。一路行来,从岁首到年终,有风雨、有伤痛,更有恩典、有看顾。

祝愿跋涉世间的脚步皆得保守,祝愿渴慕寻求的心灵皆蒙怜恤,祝愿更多的生命被午夜的烟花照亮,有平安、有喜乐,福杯满溢。

春宵一夜冰凌花

  初雪映天，噼啪的爆竹声时起时落，新春伊始的第一轮满月清辉皎然。若你在身旁，该是一幅红袖添香、秉烛共读的景象吧。

  月摇树影，摇落一地的心事；香烛冉冉，照亮我为你而红的新妆。"愿我如星君如月，夜夜流光相皎洁"。一怀情思，暗自低回吟唱。

  厨间吧台，元宵剔透，热气蒸腾。平日里酷酷的男孩两眼晶亮地盯看，活脱一副馋嘴小儿的旧模样。遥想此刻的你，该是全身披挂，笑傲厨房：左手攥紧了一枚象征新年财运的硬币，右手把牢了长柄锅，心中念念有词，手底薄饼翻飞。忙而不乱的你两眼晶亮，盯看那饼子如何翻滚出圆满。其实，对你而言，财运圆满从不意味着物质的殷实，只是"但行好事，莫问前程"的磊落与踏实。

此刻的公婆,定欢喜地燃起了白色的长烛。烛影摇曳,烘寒成暖。新春月圆时的烛光节,老人痴望着远途归来的长子愈见沉稳的身形,便有满怀的安宁与喜乐。鸟儿归巢,一切如旧,一切如新。

心思神往,跋山涉水,求一份团圆。凝神无语间,孩子不经意的问话在耳畔轻响:"老妈,想老爸吗?"想啊,如何能够不想。

孩子的口中,我们已是老夫老妻了,一颗心却依旧在清润纤细的情意中稚嫩着。回望来路,石径弯弯,花满枝丫,多少期盼青涩未果,多少情怀随风飘落。我那澄澈葱茏的青春,是否依旧倒映你的心海?就像那遥远清晨的初遇,如着墨不多的素描,记下娇羞女孩眼中男孩的微笑。

夜深了,轻柔的鼾声仿若天籁,让人悄然心醉。睡熟了,孩子的脸庞干干净净,一副未被红尘沾染的童颜。恍惚间,斑驳往事在清朗月色的浸润下显影,曾经以为被淡忘的细节都还深深浅浅地印刻在心底的胶片。在这因落泪而湿润的夜里,我是怀着怎样的心情在想你啊!往事如烟,记忆中的你总是这一张孩童的脸,等着我去疼爱、去惜怜,即使你的鬓间已染上岁月的风霜,即使我知道你是我的天,是我生活里的承担。

总有平凡日子里的琐碎吧,你却把它煲成一锅浓香扑鼻的蔬菜汤,酿成一桶甘甜醉人的苹果酒,烤成一块酥软可口的鸡蛋糕。甘载韶华,总会有些许的疏漏吧,却从没忘记,每一个节日淡然的惊喜,每一个清晨温柔的拥抱。还有,你那宽厚的笑容,原谅我所有的不经意。

还有,还有,那一次次的相聚别离,一回回地泪沾衣襟。回家的脚步数你走得最急,因为你说,在我的身边你最安心。

何时起,自己变成了一个能令别人安心的女人?

曾经,寒夜将尽,三岁女孩独坐石阶数星星,盼望着风别那么冷,夜别那么黑,幼儿园做饭的奶奶早一点开门,稀饭糊里多一点酱菜根。曾经,希望生活是别种样子,家中燃着灯火,身边能有爸妈,心里不再孤寂。

后来才知,原来这黑夜与冷风、这月光与星辉、这石阶与大地,还有种种叫不出名的花鸟虫草、世间万物的存在竟都是一份恩典的凭证,他们始终都在,一路相伴。

家从来都在。

家是妈妈安全的宫房,没有分离的痛苦就看不到外面光明的太阳;家是妈妈温暖的怀抱,没有出离的勇敢就没有迈向生活的步伐;家是随时叫一声"爸、妈"都会有人应你的天堂,是身处何地都会感念鞠躬的方向。

原来我一直有家。

这个家因为我的独特而完整,因为我的存在而欢欣。何其幸运啊,我得着了这世间最神圣的礼物——生命,这生命是要带着谦卑、盼望和忍耐去爱、去见证、去传承,去赞美的,它如溪边之树得活水浇灌而结出果子,它如泥土之窑被慈爱打磨而日久成器。

静夜的沉思,被梦中男孩的痴笑声打断。或许他正在梦中与爸爸一起翻转着布列塔尼薄饼。

我将孩子的小手握于掌中,喃喃道:"亲爱的孩子,愿你双手抓住的乃是上好的福分,愿你双目定睛的乃是属天的赏赐。"

遐思无限,福溢心田,东方破晓。

映着天光,姹紫嫣红的冰凌花正铺满小窗。夜色尚未走远,作那深沉的画布;晨曦刚巧透过,走笔晕开七彩光芒。每一根冰晶都如是古典、如是柔挺;每一笔勾画都如是凝重、如是安详。窗里窗外,天上人间,爱意流转,生机昂扬。千千万万的花朵嫣然吐芳,花香满径。

据说,冰凌花的美奂绝伦来自一切的善念。那么,这一宵春夜、满室清辉后的冰凌花,灿烂的该是无数个心怀感恩的祝福吧?

情人节的礼物

二十岁时,你是北大未名湖畔的漫步者,而情人节,只是一个可以用英语或法语发音的美丽的单词。不承想,漫步归来,被夕阳浸染成金色的书桌上竟有偌大的一捧红玫瑰静静地守候着。与其说是花,不如说是花蕾,每一朵都很羞涩,不肯开启一片花瓣。同宿舍的女孩说,是一个法国男孩送来的,没有留下名字。

这第一份情人节的礼物来得很突然,就像缘分和爱情可以来得很突然一样。尚未做好准备的你,把花转送给了小妹。几天后小妹来信,告诉你玫瑰花蕾一朵也没开,不过,变成干花倒是很漂亮的,而且可以一直漂亮下去。你微笑了。如果羞涩不用绽放,像清纯不用成长,许多的美好还是原来的模样,这也是一份难寻的境界。

第二年的情人节,法国男孩辗转托人送来一瓶法国香水,名字叫"夜之兰"。一张朴朴素素的卡片，一行情深意切的文字："分别时候，思念就像夜晚悄然袭来的兰花香，悠长地缠绕我日间的每一缕念想，梦中的每一份心动。"

那一晚，你开始明白，思念一个人的味道原来不仅可以酒般醇厚而浓烈，而且可以花般清雅而绵长。于是，开始在心里认认真真地想一个人，想那不知怎的就与他有了关联的过往时光，想那不曾想过的或许就与他有了关联的未来日子。后来的岁月里，收到过朋友们送的许多名贵香水，唯有这一瓶"夜之兰"你一直带在身边，总在香着，却奇迹般地总也香不完，像一份可以永远依赖的情感。

第三年的情人节，法国男孩已经成为你的先生。天知道为了一份长相厮守，你们经历过怎样的磨难。你下厨做了一顿丰盛晚餐，等待先生下班归来。一杯酒，一盏茶，两双被烛火照亮的会心而笑的眼眸。先生拉着你的手，疼爱地对你说："亲爱的，我知道你是为了我才放弃了考研，放弃了心爱的工作。可我不愿看到你因爱情而困守，因婚姻而浪费才华，那不是我爱你的方式。今天，我为你找到了一份新的工作。"

那份工作离家很近，且是半天的，因为先生希望你有一个长长的午后可以安然地小憩，安宁地学习。你开心地笑了，像幸福的花蕾悄然舒展开花瓣。你知道有人不仅爱你青春的容颜，更爱着你的本质。所以，你可以尽情地绽放，自由地成长，安全地做你自己。

第四年的情人节，你随代表团在国外出差。大家以代表团的名义送你一捧粉红的玫瑰，花半开，最美的样子，让你悄然想起那些不曾开放却意外结果的花蕾。伴香而归，在酒店的门口意外发现傻傻等候的先生，带着空空的行囊和满脸的疲惫羞涩地对你说："真的很想你，就坐着飞机跑来了。请你收留我吧。"

你为自己贪婪地收下了这体积最大的情人节礼物，并一直小心翼翼地珍藏着，不让岁月从你的身边悄悄偷走。

后来，你们又一起度过许多个情人节。礼物年年有：一串从意大利老妇人手里央求买来的银灰色项链、一条巴斯克地区传统的土布围裙、一袋茶马古道上背回来的青稞面……每一件礼物或精巧或平实，或热烈或温馨，都提醒着你，你是一个女人，一个被爱着的女人。

第十年的情人节，先生不在你的身边，你们商定好的，先生回国去给病中的母亲送一份惊喜。而你则和同事们相聚一起。

曾经青涩娇羞的长发妹已嫁作人妻了，曾经直言快语的毛头小伙已为人父了，曾经任凭大家倚重的老工程师也即将退休了。无论经历怎样的风雨与困苦，他们都曾如家人一般地待你，敬你，助你，从不求回报，从不曾离开。原来，无论你再怎样不配，都会有人关爱着你。你轻轻地问自己：你看到了吗？

透过一个人，我们爱整个世界。透过这个世界，我们学习爱自己。

婚后二十年的情人节，清晨起来，先生把你搂在怀里，对你说："你是我的骨中骨，肉中肉，你是我相伴越久、对你爱意越深的女人。"你在先生的怀里哭了，为这份彼此相认与合而为一。这是生命的洗礼，是最刻骨铭心的礼物。

今年的情人节，你收到一张手绘贺卡，原是一份迟到的生日礼物。

一双稚嫩的小手用彩笔描绘了一番蜂飞蝶舞的春景。卡片上，一行夹杂着拼音的文字郑重写道："干妈，不要忧虑，每天喜乐！"卡片的下端贴了一张油印的纸条，标题是"最珍贵的礼物"，上面写着："神爱世人，甚至将他的独生子赐给他们，叫一切信他的，不至灭亡，反得永生。"

你将这张朴实而华美的卡片端正地贴在了书桌对面的墙上，你在孩子身上看见了天使隐形的翅膀，在春暖花开中见到了天国的景象。

"我们爱，因为神先爱我们"，又叫我们爱人如己。这份爱应该就是情人节最好的礼物吧！愿我们的存在也成为别人的祝福。

活在这份爱中，带着这份爱生活，渴慕的初心不变，每一天都是情人节。

一种情怀的绽放

译者之于原著,犹如寻爱的恋人,所有的姻缘早已悄然注定,无论你知或不知。

2010年初夏,在一次文人聚会上,我巧遇李然女士。因座位相邻,便交谈起来。那是位优雅、沉静的女性,如幽谷百合淡然自在地香着,不雕饰,不张扬。但当她谈起人道主义话题时,那满目的热情和光彩却让我看到了一种情怀的绽放,激越而动人。

于是,几个月后一个初雪的夜晚,当她以青岛红会负责人的身份力邀我进行红十字创始人的系列传记翻译工作时,我欣然应允。或许那一刻,内心里也向往着那绽放的美丽。

一炷檀香,一盏清茶,和着悠长的月光,把玩宝物一般细细打量着两本薄薄的传记。封面上是两张陌生的面孔,一位是作为红十字运动的构想者而被誉为"国际红十字之父"的亨利·杜南，另一位是实际的践行者和掌权长达四十年的第一任主席古斯塔夫·莫瓦尼埃。

通读之下，我不禁以感激之心来赞美1862年12月两个伟人的聚首，因为他们的完美互补、并肩战斗，催生了两个为人类带来荣耀的女儿：红十字会和国际人道法。无论当初两人之间有过怎样的磨合，决裂之后又有过怎样的爱恨交织的对抗，都不能否认那段共处时日的美好以及强大的创造力与生命力。所以，我怀着同样的感佩之情来揣想和怀念这对朋友与对手，这不可分割的为父为母之人。

传记里，风云跌宕的历史背景下，两条相互交织而又命运迥异的人生轨迹彼此纠缠着、印证着，诠释着人性的真实与伟大。

当我看到那个因宗教成绩出众而在中学时代连续三年获奖的杜南，参与创建了至今盛行全球的基督教青年会联盟，我怎能不赞美；当我看到那个因古典人文科学成绩不足而未能中学毕业的杜南，日后竟写出了感动整个欧洲乃至世界的堪称经典的《索尔费里诺回忆录》，参加了《国际世界文丛》的创办工作，我怎能不惊叹；当我看到那个曾由衷赞美过拿破仑三世的利剑与军队之神的杜南，在其人生晚期却为和平而战，并最终作为第一届诺贝尔和平奖得主而被世人铭记，我又怎能不赞叹！

莫瓦尼埃的经历也令我深深叹服。他关心地方民众疾苦、希望通过对社会问题的调研寻求科学的解决之道，竟因此迈入了一门新的科学——社会学，并成为辅助于社会学与社会科学的统计学的创始人之一，出任了瑞士统计学协会的第一任主席。这位第一个《日内瓦公约》的撰写者，为有效预防战争及减少战争带给人类的伤害，作为国际法研究院的创始成员，为国际公法的发展以及国际刑事司法的开拓做出了巨大贡献。

我想，生命随时会有奇迹发生，人生的风景有许多的峰回路转、别有洞天。当我们自爱自重，达己达人，一颗爱与奉献之心便会引领我们不断超越、不断升华，我们的生命便有了意义。

在迪朗先生的笔下,岁月如诗,且行且吟;生命如歌,一唱三叹。寥寥数语间,青春的热忱、人性的执迷、理想的光辉、暗夜的凄惶都跃然纸上,我行吟于杜南生命的岁月流连忘返。在伟人的身上,我看到了人皆有之的苦痛与挣扎、软弱与无助,也看到了人皆有之、纯净而又高贵的人道主义情怀。

杜南是红十字会的象征,更是志愿者的代表。当他在索尔费里诺战役后尸横遍野的战场上偶然经过,自觉地由旅游者变身救护员时,他就在不觉中向当代以及后世的千千万万的人们诠释了"志愿者"的含义。那是对人类苦难的高度敏感,是生命对生命的关切,是"汝之痛乃吾之痛"的感同身受,是"汝之愈乃吾之愈"的互为一体。这份人道主义情怀是如此彻底、如此广博,以致于超越一切局限与束缚:在那个只有军官才可得到战地救护的时代,杜南超越社会地位的局限,让普通伤兵也平等地得到同样的救护;在那个妇女只可触碰丈夫身体的时代,杜南超越文化的局限,让女性之手把生之希望倾注给一具具饱受战火摧残的男儿之身;在那个国家的纷争、宗教的纷争激烈不断的时代,杜南超越了国籍与宗教信仰的局限,把同样的安慰带给每一个在生死间挣扎、渴望慰藉的心灵。一句"大家皆弟兄",多么简单,又是多么伟大,它唤醒了人之所以为人的那份纯粹而强大的人道力量。此外,杜南还以其天才的创新精神为志愿者们做出了榜样——"在三天的时间里,他发现了或者说是发明了红十字会之汤的所有配料"。他从整体上构想了人道举措,又与莫瓦尼埃等同仁将人道主义各元素组织在一个结构严密的整体之中。

与迪朗先生意象变换快、三两词即可成句的灵动文风相比,比尼翁先生的文风更加沉稳,往往数行文字为一句,但逻辑结构清晰,遣词造句精准。翔实的史料,丰富的引证,让我在莫瓦尼埃所完成的大量细致的工作中,感受到那份几十年如一日的不平凡的坚持与坚韧,默默耕耘,矢志不渝。

每个生命来到世间,都有其各自的使命。对于莫瓦尼埃来说,公益事业便是他的人生使命。1853年,他在致好友的信中写道:"既然我的动机和出发点是做个有益于祖国和同胞们的人,既然我十分幸运地不需要靠艰苦劳动谋生,那么,唯一让我迟疑的就是如何选择达成此目标的最好方式……我选择了公益团体。"从此,27岁的他义无反顾地走上为故乡、祖国和人类服务的道路。于是,我便可以理解,为什么他从1854年的秋天起"便再也没有从事过以赚取报酬为目的的工作";为什么他对日内瓦公益会活动的领导时间持续了近三十年;为什么他在担任红十字国际委员会主席的四十年里指挥着一切并完成所有主要工作;为什么在红十字会及后来的国际法研究院创立后,有着国际主义视野的他依旧关心着日内瓦——他亲爱的小城邦里普通民众的生活状态,并继续做着大量社会调研以寻求社会问题的解决之道。

而对于杜南来说,主日课的学习当是其使命感觉醒与确立的时期——"作见证,传福音,救助不幸的人,这是上帝赋予的一项在人间的使命。"于是,我看到那个置自己生意不顾的杜南在伤员的床边不眠不休,那个终身未婚、膝下无子的杜南创建了绿十字会以期保护世上所有的妇女与儿童,那个补丁缀衣、生活窘迫的杜南在关心着如何解放黑奴、如何保护战俘,那个在暗夜中饱受迫害妄想症无情折磨的杜南在为世界的和平大声呼吁,那个年迈的杜南在潜心研读《启示录》,以期"将自己根据《圣经》的预言描绘出的人类未来告知同时代的人们"。

伴随阅读而生的不仅是感动,还有一份连结内心的自省、一份人生意义的启迪、一粒人道种子的萌芽、一份不竭力量的源泉。

作为一名译者,我在一场未及多想便匆匆允诺的结合后"恋爱"了,如恋爱中的情人一般迫切希望了解对方的一切。就这样,出于对伟人的景仰以及对作者的敬重,同时也为更好地进行翻译工作,我在中国红十字老前辈曹嵩生教授的悉心安排下,与先生安德烈一起专程赶赴日内瓦,有幸见到了古斯塔夫·莫瓦尼埃的玄孙奥利维埃-让·杜南先生、亨利·杜南的弟弟——达尼埃尔·杜南的曾孙贝尔纳先生及夫人莫尼克·杜南-德迪、传记《亨利·杜南》的作者罗歇·迪朗先生及传记《古斯塔夫·莫瓦尼埃》的作者弗朗索瓦·比尼翁先生。

那是一个令人难忘的日子，严肃而深入的学术探讨持续了一整天。

在与两位作者的交谈中，我在他们侃侃而谈的热情和熠熠闪光的眼神里看到了爱。一定是因为爱的彻底才能坦然接受主人公的一切，才会甘愿用手中之笔让他们重生。在谈到主人公的伟大思想时，他们表现出由衷的敬仰和赞叹；而在谈到主人公的缺点、错误与迷失时，他们共同地表现出一种淡定，仿佛在讲述自己的亲人、朋友抑或师长，而绝不是被推上神坛的圣人。

迪朗先生认为，正因为杜南有着这样或那样的缺点，他才愈加令人敬佩，因为他也会被现实生活所诱惑或压迫，但是终其一生，他从未放弃过自己、放弃过使命，而是不断超越自己，其超越不是靠武力，不是靠征服，而是靠一颗服务于他人的心。迪朗先生相信，无论有着怎样的社会地位和生活境遇，每个人的心中都有这样一个杜南，一个不断追求美好生活、爱人如己的充满人道温情的杜南。

而比尼翁先生最强调的是"公正、中立、独立"的精神，对人类正在经受的以及未来可能遭受的灾难的高度敏感，对预防和缓解人类苦难的措施的不断创新。在内心中，永远把自己定位为一名人道志愿者，而不是一个既有机构的公务员。他说，"志愿者"是一个光荣的名字，是一份觉醒的使命感，是一种人性的归属，是一份需要不断回归的利他的初心。

那一日，在餐桌上，当奥利维埃终于得知，他自小崇拜的日内瓦童子军的总教头竟是比尼翁的母亲；当我的先生告诉贝尔纳，他来自一座法国小城，城市的名字在布列塔尼语中叫作"小十字"，而城市的纹章自中世纪以来就一直是"白底红十字"；当迪朗应我的要求针对中文版就个别有关母亲的字句进行调整而莫尼克对我会心地微笑；当我惊讶地了解到，杜南和莫瓦尼埃两个家族上溯八代竟然同宗；当阳光洒满客厅，不同国籍、不同种族的主宾畅谈尽欢时，我在想，与两本著作的缘份必定是冥冥之中早已安排好的,而我们正在经历着的这份真实的幸福或许就是对先人最好的告慰……

杜南曾有云:"然昨夜之乌托邦常会变成翌日之现实。"翻译两本传记的过程,就是一个重温昨夜之乌托邦变为今日之现实的过程,就是让理想之光照耀心灵、在那最温柔的一角播撒希望之种的过程。

掩卷而思,我们这一代人又将为我们的后人打造一个怎样的世界呢?和平、共生,互为弟兄,或许这简单而艰巨的理想经过数代人的努力后终会变为幸福的现实。

爱上自己译著的译者是幸福的,幸福中一种美丽的情怀在绽放。

图书在版编目（CIP）数据

远方红色的小火车 / 晓亚·杜博礼著. —— 青岛 : 中国海洋大学出版社，2016.6
ISBN 978-7-5670-1177-9

Ⅰ.①远… Ⅱ.①晓… Ⅲ.①随笔 – 作品集 – 中国 – 当代 Ⅳ.①I267.1

中国版本图书馆CIP数据核字(2016)第140840号

出品统筹	臧　杰
责任编辑	王积庆
特约编辑	冷　艳
插　　画	阿　占
装帧设计	良友创库·李欣　盛雅轩

出版发行	中国海洋大学出版社　青岛市香港东路23号
本社网址	http://www.ouc-press.com
电子邮箱	cbsbgs@ouc.edu.cn
策　　划	青岛日报报业集团良友书坊　青岛市太平路33号
联系信箱	liangyoubooks@126.com
印　　刷	青岛新华印刷有限公司
版　　次	2016年7月第1版
印　　次	2016年7月第1次印刷
开　　本	24开
字　　数	100千
印　　张	8.25
定　　价	45.00